LE SUSPECT DE L'HÔTEL FALCÓN

D1726451

Pour tout contact :
L'INSOMNIAQUE
43, rue de Stalingrad
93100 Montreuil
Tél. et fax : **01 48 59 65 42**
Site : http://insomniaqueediteur.org

En couverture : meeting du POUM à Barcelone en 1937 (photo d'Augustí Centelles).

CHARLES REEVE
RAÚL RUANO BELLIDO

LE SUSPECT
DE L'HÔTEL FALCÓN

L'INSOMNIAQUE

AVANT-PROPOS

FRANCISCO GÓMEZ PALOMO (1917-2008), alias Paco, s'était donné pour règle de ne jamais se prêter au jeu des interviews qui lui aurait permis d'aborder les événements marquants de sa vie.

Il avait ses raisons. D'une part, il considérait que l'essentiel avait été dit et écrit sur la Révolution espagnole et la guerre civile, et qu'il n'avait donc rien d'essentiel à y ajouter. Pour un grand lecteur comme lui, l'affirmation était soutenue par une sérieuse connaissance de la bibliographie sur la Révolution espagnole. D'autre part, et surtout, Paco était animé par un profond respect de ses compagnons de lutte. Il ne manquait jamais de rappeler que son témoignage ne devrait pas prendre une place privilégiée par rapport à ceux des compagnons qui n'avaient jamais eu le temps, le droit ou l'occasion de s'exprimer – ceux qui étaient morts, aussi bien que ceux qui avaient choisi, comme lui, de garder le silence. En somme, pour Paco, témoigner de sa riche expérience personnelle n'avait de sens que dans le cadre d'un partage complice dans le présent avec ses camarades et ses ami(e)s.

Au cours de la dernière période de sa vie, une seule fois, et pour cause, Paco tint à intervenir par écrit, revenant sur ces années de braise. Ce fut en 2001, lorsque la revue *Archipiélago* – à laquelle collaboraient quelques-uns de ses amis – publia une série de textes allant dans le sens d'une réhabilitation de l'écrivain catholique cryptocommuniste

José Bergamín*. Celui-ci avait en effet, pendant la guerre civile, participé à la campagne stalinienne de calomnies contre le POUM (Parti ouvrier d'unification marxiste). Là, le sang de Paco ne fit qu'un tour. La défense de l'honneur de ses amis et la fidélité aux idéaux qui avaient animé leur lutte étaient une question sur laquelle il ne composait pas**. Les événements de juillet 1937, l'assassinat de Nin, l'arrestation à Barcelone des délégués au congrès du POUM (dont Paco lui-même), leur emprisonnement pendant presque un an suivi de leur procès et de leur libération, constituèrent sans doute un tournant dans la vie de Paco et marquèrent profondément son attitude politique.

Cette affaire mérite un court développement, tant l'attitude de Bergamín traduit l'ignominie de l'époque et la lâcheté de certains intellectuels de gauche. José Bergamín, directeur de la revue catholique pro-républicaine *Cruz y Raya*, signe, en 1938, la préface au livre *Espionaje en España* ***, dont l'auteur utilise le pseudonyme de Max Rieger. L'ouvrage, qui paraît à Barcelone juste avant le procès du POUM, peut être considéré comme une pièce d'anthologie de la propagande du KGB. Bergamín y écrit en particulier :

---

* *Archipiélago, revista de crítica de la cultura*, n° 46, « José Bergamín : el esqueleto de la paradoja » (José Bergamín, le squelette du paradoxe), avril-mai 2001, Madrid. José Bergamín (1895-1983), écrivain et essayiste de la « génération de 27 », catholique et passionné de tauromachie, était considéré comme un des disciples de Miguel de Unamuno. Il fonda la revue *Cruz y Raya*. Durant la guerre civile, il se rapproche des staliniens et fut président de l'Alliance des intellectuels antifascistes. Conseiller culturel à l'ambassade espagnole à Paris, il fréquenta Mauriac et Éluard. Après la guerre, il s'exila en Amérique du Sud pour revenir à Paris en 1954. Il mourut au Pays Basque, alors qu'il était revenu à des positions catholiques et conservatrices.

** Paco écrivit à la revue *Archipiélago* en demandant la publication des extraits de Bergamín reproduits plus loin. La rédaction de la revue ne donna pas suite. Le texte fut finalement publié dans la revue *Etcetera* (n° 36, mai 2002, Barcelone), précédé d'une courte présentation écrite en accord avec Paco.

****Espionaje en España*, Ediciónes Unidas, Barcelone, 1938. Selon Víctor Alba (*Histoire du POUM*, Ivrea, 2000, p. 379), cette maison d'édition « fut spécialement montée pour lancer ce volume », lequel parut ensuite en plusieurs langues.

« Les événements de mai 1937 à Barcelone ont fait apparaître le POUM et ses dirigeants comme un petit parti traître. Mais l'analyse de ces événements a montré qu'il ne s'agissait pas de cela mais d'une organisation d'espionnage et de collaboration avec l'ennemi ; c'est-à-dire non pas d'une organisation de connivence avec l'ennemi mais de l'ennemi lui-même, d'un élément de l'organisation fasciste internationale en Espagne.

» L'avertissement est clair pour tous. Prendre la défense d'hommes accusés d'un délit de cette nature, c'est quelque chose que ne peuvent faire ni un parti ni un homme libre. La défense d'un délinquant, devant un tribunal, c'est son avocat qui l'assure. Mais prendre la défense d'un délinquant traître ou espion, ce n'est pas prendre la défense d'un homme mais de son crime. Et, en cas de guerre, c'est s'identifier totalement avec l'ennemi.

» Prendre la défense du trotskisme espagnol ou des trotskistes espagnols accusés de tels crimes, c'est passer à l'ennemi ; et si on le fait, il faut avoir l'honnêteté morale de le dire. »

Pour conclure, il ajoutait : « Les révélations que contient ce livre sur le POUM trotskiste espagnol peuvent servir d'avertissement sur ce que ces groupes dispersés préparent et exécutent. La guerre d'Espagne a donné au trotskisme international au service de Franco son caractère visible de cheval de Troie. Le lecteur attentif et avisé en tirera les conséquences pour lui-même. Il y a là des vérités réellement évidentes qui ne peuvent être l'effet de déformation ou de transformation mensongères. Pas même sous la plume magique et trompeuse de l'enjôleur Trotski, tête visible de ces organisations dispersées d'espionnage et de falsification révolutionnaire au service du fascisme international. »

———

Paco était peu friand du culte du passé – c'est le moins qu'on puisse dire. Sa verve habituelle, son commentaire ironique n'épargnaient jamais les « anciens combattants », icônes d'un passé mort, objet d'études académiques. Pour Paco, les événements importants de la Révolution espagnole faisaient partie d'un tout, de l'histoire de la lutte émancipatrice du XXe siècle – lutte qui se poursuivit après l'exil, comme le prouva son engagement en France au sein des groupes et organisations révolutionnaires. Sa rupture avec le trotskisme, son intérêt pour les positions de la revue *Socialisme ou Barbarie*, sa participation au groupe *Informations et Correspondance ouvrières* ensuite, jusqu'à Mai 68 et après, constituèrent d'autres jalons de son parcours politique. Paco fut un observateur lucide et critique de ce monde, monde dont il restait un irréductible opposant. Pour quelqu'un qui avait vécu des périodes où l'homme avait été sujet conscient de l'Histoire, les manifestations de la normalité capitaliste et son corollaire d'impuissances étaient souvent source de tristesse, jamais de désillusion, encore moins de cynisme.

Au cours des dernières années de sa vie, nous avons remarqué chez Paco un plaisir à rappeler les moments vécus, à raconter tel ou tel événement. Cela se faisait toujours dans un cadre informel, un repas, une rencontre, une balade dans les rues et les parcs de ce Paris qu'il connaissait et qu'il aimait tant. Car Paco était un flâneur, un homme des villes. Et il fallait le suivre. La marche se faisait par petites étapes, au rythme des arrêts nécessaires à l'exposition et au développement de son idée. Puis on repartait…

Ce fut donc seulement au cours de ces années que nous commençâmes à prendre des notes sur nos conversations. À celles rédigées à Paris vinrent s'ajouter celles prises lors de rencontres à Madrid ou à Séville – notes prises *a posteriori*, reposant entièrement sur notre mémoire immédiate, et qui peuvent parfois ne pas traduire fidèlement les propos tenus. Les erreurs, les éventuelles déformations de ses propos, sont de notre entière responsabilité. De temps à autre, nous insérons dans le texte des propos tenus par Paco à la première personne. Nous ne l'avons fait que lorsque nous étions sûrs de reproduire exactement ses paroles. Enfin, la fidélité à sa personne nous oblige à avouer que jamais nous ne lui avons mentionné l'existence de nos notes. Cela, malgré l'encouragement que nous avions reçu à l'époque de tel ou tel ami commun… Sans doute craignions-nous sa réaction tranchée et l'exhortation non moins ferme à leur destruction immédiate !

Pour l'essentiel, le texte qu'on lira ci-dessous fut donc rédigé à partir de ces notes, des souvenirs de ce que Paco nous a transmis. C'est ainsi qu'il doit être lu et non comme sa parole directe, encore moins comme un énième témoignage sur la Révolution espagnole. Pour mieux cerner les différents épisodes et moments de la vie de Paco, nous avons jugé bon d'y ajouter des passages d'autres textes se référant à la période, aux personnes ou aux événements décrits.

—

Dans la narration de cet itinéraire, le protagoniste s'efface souvent derrière le mouvement de l'Histoire. Conséquence inévitable de la force des événements collectifs vécus, mais aussi du caractère réservé de Paco, présent mais toujours en retrait, rétif à toute mise en avant militante, voire personnelle. C'est ainsi qu'on pourra nous faire la remarque qu'il est finalement assez peu question de Paco dans ces pages. Pourtant, si nous devions parler d'un aspect exemplaire dans le parcours de vie dont il est ici question, nous mettrions en valeur le courage et la détermination d'un certain milieu révolutionnaire, dans les circonstances historiques et sociales qui furent celles de l'Espagne dans les années 1920 et 1930. Ces jeunes communistes qui, pris dans le tourbillon de la révolution, furent très tôt capables de rompre avec le mensonge stalinien, sans pour autant se soumettre aux calculs tacticiens de Trotski, le vieux chef bolchevik pour qui ils éprouvaient néanmoins le plus grand respect.

C'est cette position, si difficile à tenir devant les tâches concrètes et immédiates d'une révolution en devenir, qui a caractérisé l'originalité d'une petite organisation comme le POUM, avec ses faiblesses mais aussi avec ses richesses. Particulière également, l'influence qu'ont eu sur ce milieu le courant anarcho-syndicaliste et ses potentialités subversives. Fin 1936, les dirigeants du POUM cherchèrent à se rapprocher de la CNT après leur exclusion du gouvernement de la Généralité, prévoyant que cet événement marquerait le début de leur persécution. Ils formulèrent alors ce qu'une grande partie de la base poumiste ressentait dans sa pratique politique. Juan Andrade écrivit : « On peut affirmer que l'avenir de la Révolution espagnole dépend absolument de l'attitude qu'adoptent la CNT et la FAI… Les chances du POUM de devenir le grand parti de masse qui emporterait l'hégémonie dans la révolution sont limitées par l'existence de l'anarchisme. » Andrés Nin ira plus loin : « Les formules de la Révolution russe appliquées mécaniquement nous mèneraient à l'échec du marxisme. (…) En Espagne, l'existence d'un mouvement anarchiste pose des problèmes nouveaux… La CNT est une organisation révolutionnaire en puissance, malgré ses préjugés et ses positions erronées… Les vacillements de la CNT tiennent à l'absence d'une théorie du pouvoir… Mais le POUM est mille fois plus proche de la CNT et de la FAI que du PSUC*. » Cette proximité anima pour beaucoup l'engagement de ces jeunes révolutionnaires, dont Paco. Motivant, par la suite, certains à poursuivre, en exil comme en Espagne, la quête de la voie de l'autoémancipation sociale.

Charles Reeve et Raúl Ruano Bellido

---

* Cités par Víctor Alba, *op. cit.*, pp. 275, 276. Le Parti socialiste unifié de Catalogne, branche catalane du Parti communiste espagnol créée en 1936, était étroitement soumis à la ligne de Moscou.

UN PETIT VILLAGE
DES ENVIRONS DE TOLÈDE

FRANCISCO GÓMEZ PALOMO (Paco) naquit le 7 septembre 1917, à Madrid. Ses parents, Vicenta et Francisco, étaient originaires de Domingo Pérez, petit village des environs de Tolède.

Au début du XXe siècle, les conditions de vie étaient particulièrement dures dans ces contrées arides de Castille. La majorité de la population y vivait dans la pauvreté, soumise au pouvoir des grands seigneurs de la terre.

Dans le *pueblo* où vivaient les familiers de Paco, les villageois étaient majoritairement socialistes, hostiles aux quelques familles de gros propriétaires qui dominaient économiquement et politiquement la région.

De ses visites à Domingo Pérez lors de ses années d'enfance, Paco gardera le souvenir du fils d'un des propriétaires, paradant à cheval, dans les rues du village, arrogant et méprisant tel un *señorito andaluz*. Quand éclata la guerre civile, une colonne de miliciens de la CNT traversa le village et exécuta le latifundiaire honni. Plus tard, lorsque les troupes franquistes reprirent le contrôle de la région, ce fut l'une des filles du grand propriétaire exécuté qui accompagna les phalangistes pour désigner les quelques villageois devant être fusillés pour l'exemple.

À cause des mauvaises conditions agricoles et climatiques du plateau central, qui empêchèrent le paysan d'acquérir la même indépendance que son homologue galicien ou valencien, à cause, aussi, de la proximité de Madrid et de toutes sortes de facteurs psychologiques, la noblesse castillane ne perdit jamais entièrement contact avec ses domaines. Dans le courant du siècle dernier, beaucoup de paysans étant ruinés ou incapables de s'acquitter de leurs redevances, un grand nombre de *censos* (baux héréditaires) furent convertis en baux à court terme.

Des lois spéciales furent votées pour favoriser ce processus, et, de nos jours, le *censo* tend à devenir un anachronisme. Le bail à court terme, qui, avec les conditions qui existent en Espagne, entraîne forcément la misère et l'appauvrissement du sol, est devenu la règle. Toutes les clauses d'un pareil bail sont défavorables au fermier et favorables au propriétaire sur lequel, encore une fois, ne pèse aucune obligation, puisqu'il ne paie pas les impôts, et que l'entretien de la ferme et des dépendances n'est pas à sa charge. Il est libre en revanche de dénoncer le bail ou d'en augmenter le taux.

Cette situation s'est encore dégradée au cours des dernières années, avec l'apparition des spéculateurs et l'accroissement de la haine entre les différentes classes.

Gerald BRENAN
Le Labyrinthe espagnol,
origines sociales et politiques de la guerre civile,
IIe partie, la question agraire, la Castille,
Champ Libre, 1984, pp. 157-158.

LE COLEGIO SAN ILDEFONSO
ET L'INSTAURATION DE LA RÉPUBLIQUE

PACO PASSA ses premières années à Madrid avec sa mère et son père, cheminot. Ils habitaient au numéro 24 de la Calle de La Encomienda, où sa mère tenait un petit atelier de couture. Elle y travaillait avec sa fille, la sœur aînée de Paco. Parfois, de jeunes amies de sa sœur venaient apprendre le métier dans l'atelier. Paco était encore très jeune lorsque son père mourut. Il fut alors renvoyé au village pour vivre chez des gens de la famille. Sa sœur mourra quelques années plus tard, pendant la guerre, victime de la tuberculose qui faisait alors des ravages.

En 1925, à l'âge de 8 ans, Paco quitta le village pour suivre des études comme interne dans un orphelinat de Madrid, le Colegio San Ildefonso. C'était une institution à moitié laïque, réservée aux enfants pauvres, orphelins de père, qui a pour ambition de « corriger les inégalités sociales ». Paco aimait rappeler que certains des enfants formaient une chorale connue parce qu'elle chantait à la radio les numéros sortants de la loterie. Le Colegio San Ildefonso jouissait d'une bonne réputation, les enfants y suivaient non seulement leur scolarité mais étaient convenablement traités, nourris et même habillés.

Malgré les invitations réitérées de membres de sa famille qui ont suivi le parcours de sa vie, Paco ne reviendra plus au village de ses parents. Il n'a jamais voulu s'expliquer sur cette décision. C'était comme si une page s'était définitivement tournée pour lui, ce jour de 1925 où il était venu étudier à Madrid.

Le 14 avril 1931, la République est proclamée dans la liesse populaire.

Dans le *colegio*, l'événement suscite un vent de contestation parmi les gamins. Un groupe d'élèves, dont Paco fait partie, refuse d'assister à la messe du dimanche, ce qui déclenche la fureur du prêtre du collège qui était responsable de l'éducation religieuse.

Tout commença le jour mémorable où quelques curieux qui passaient par la place Cibeles observèrent vers les trois heures et demie de l'après-midi qu'un drapeau républicain était hissé sur la hampe du Palais des communications. La nouvelle se répandit rapidement et les habitués des cafés de la calle de Alcalá, où les femmes étaient nombreuses ce jour-là, sortirent dans la rue pour voir le drapeau. « Les cafés se sont jetés dans la rue pendant la folle révolution d'avril », écrivit González Ruano. Et une fois là, les gens demeurèrent sur place, bouche bée, sans savoir quoi faire, jusqu'à ce que, la perplexité s'étant muée en enthousiasme, tous décidèrent de se rendre, peut-être inconscients de reproduire un antique rite madrilène, de Cibeles à la Puerta del Sol, où à quatre heures et demie il y avait déjà une énorme affluence.

L'ouragan de passions qui, selon le journal ABC, avait troublé tant de consciences et égaré une grande partie du peuple, soufflait aussi sur d'autres quartiers de Madrid en direction de la Puerta del Sol. Des voitures décorées de fanions rouges descendaient par Alcalá et furent rapidement prises dans l'océan humain qui allait à pied. Depuis Lavapiés et les bas quartiers montaient des fournées de gens avec leurs vestons bleus, tandis que les étudiants affluaient de

San Bernardo, le revers orné de cocardes tricolores surgies comme par enchantement. Les filles des ateliers, coiffées de bonnets phrygiens en papier de soie ; les soldats avec leur shako sur le côté ; les sociétés ouvrières, avec leurs enseignes chéries ; tous se joignaient à l'enthousiasme populaire, acclamés par ceux qui, sans se risquer à sortir, applaudissaient des balcons les cortèges improvisés. Bientôt commencèrent les chants, si ce n'est pour constater que personne ne connaissait les paroles : on tenta la *Marseillaise* et l'hymne de Riego et l'on termina en chantant, fort mal, l'*Internationale*. Pour finir, lassés de fredonner des mélodies familières, ils préférèrent improviser de nouvelles paroles sur des chansons enfantines et inventer des vers de mirliton à consonance facile, guère aimables pour le roi et sa famille, « qui se sont pas débinés, que nous avons jetés ».

L'aspect général de Madrid était celui d'un jour de grande fête, qui se prolongea les jours suivants. Personne n'était allé travailler et ceux qui y étaient allés abandonnèrent aussitôt. Les gens venaient de partout, de quartiers toujours plus lointains : du Puente de Vallecas, de Tetuán de las Victorias, de Los Carabancheles. Le prolétariat qui s'était maintenu aux confins de la ville sans y entrer, sauf pour travailler, se joignit au peuple des bas quartiers et à la classe moyenne des nouveaux lotissements qui montrait désormais davantage d'assurance. Les ouvriers se risquaient à pénétrer dans le centre de la ville, observa Agustín de Foxá avec une clairvoyance particulière, définissant ainsi le processus exact qui avait mis en marche la proclamation de la République : le 14 avril leur avait montré une voie qu'ils n'oublieraient jamais.

Santos Juliá, David Ringroso et Cristina Segura, *Madrid. Historia de una capital*, Alianza editorial, 2000, pp. 478-479.

Paco resta interne au Colegio San Ildefonso jusqu'à l'âge de 15 ans. Les élèves devaient ensuite intégrer le monde du travail, ou poursuivre des études ailleurs. Dès le *Colegio*, Paco commença des études de commerce mais ses résultats scolaires n'étaient pas fameux… Les trois figures de l'autorité du *colegio* étaient le curé, le directeur et « Professor Don Manuel », dont Paco gardera un souvenir tout particulier. L'enseignement s'étalait sur trois ans, mais selon Paco, le vrai apprentissage se faisait surtout la première année. Les deux années suivantes, on répétait les mêmes matières et c'étaient les élèves les plus âgés qui guidaient les plus jeunes.

Juan Andrade Rodríguez – un des dirigeants du POUM – fut aussi élève au Colegio San Ildefonso, entre 1905 et 1912, et laissa un vivant témoignage qui illustre bien l'atmosphère qu'y régnait au début du XXe siècle.

> Ma mère et ma tante avaient décidé lorsque j'avais 5 ans que j'entrerais au collège San Ildefonso à 7 ans. Ce collège était très recherché, et y entrer n'était guère facile. Mais nous pouvions compter sur l'aide de l'administrateur lui-même qui y avait un certain pouvoir. Ce monsieur était un parent d'un collègue de travail de mon père ; il avait connu mon père et était au courant de la situation de veuve pauvre dans laquelle se trouvait ma mère et de celle d'orphelin sans ressources qui était la mienne.
>
> Fin juin, ma mère et ma tante reçurent une lettre tout à fait inattendue du collège annonçant que je devais m'y présenter le 1er septembre. La joie fut grande à la maison, car se trouvait ainsi résolu le problème de mon entretien et de mon éducation. Ma mère et ma tante passèrent les mois de juillet et d'août à préparer le trousseau de linge réglementaire et à obtenir certains documents officiels nécessaires à mon inscription.

(...) L'origine sociale de la majorité des élèves était modeste. Tous, selon les statuts, étaient orphelins de père et quelques-uns de père et de mère. Les membres de leur famille étaient de simples ouvriers. Bon nombre d'entre eux étaient fils de lavandières. Je me souviens que, parfois, lorsque nous allions en promenade vers les pépinières de la ville, en passant par la promenade de la Florida où se trouvaient les lavoirs, quelques femmes en sortaient pour voir leur enfant, accompagnées d'autres lavandières qui voulaient voir le fils de « madame machin ». Les rejetons de la classe moyenne comme moi étions peu nombreux.

C'est précisément parce que presque tous les enfants étaient d'origine ouvrière, élevés dans une atmosphère prolétarienne et parce qu'ils avaient connu des difficultés très jeunes qu'ils étaient différents de ceux des internats ordinaires. Il existait une grande solidarité entre eux et on n'admettait ni n'encourageait les défaillances. Par exemple, le mouchardage, si fréquent dans les internats, n'existait pas. Si un enfant faisait une bêtise et que professeurs et surveillants essayaient d'en connaître l'auteur, ils n'y parvenaient pas. Tous le connaissaient mais personne ne dénonçait. Si l'un d'eux s'y risquait, il savait très bien à quoi il s'exposait car les représailles à l'endroit du mouchard étaient implacables.

(...) L'enseignement primaire comprenait trois niveaux : élémentaire, moyen et supérieur. On passait de l'un à l'autre plutôt au bénéfice de l'âge que par le niveau des connaissances. Il y avait de plus des cours spéciaux : calligraphie, dactylographie, gymnastique, musique et dessin. Seule la dactylographie présentait un intérêt parce que le professeur prenait sa tâche très au sérieux, et un peu aussi la calligraphie.

Du collège sont sortis de bons dactylos qui ont pu se débrouiller dans la vie. Il y avait pour s'exercer pas mal de vieilles machines à écrire qui avaient été mises au rebut par quelque service municipal.

Le recteur, don José, un curé, était l'une des plus hautes autorités du collège, sans que ses pouvoirs soient clairement définis. Il était en quelque sorte la plus haute autorité après l'administrateur général. Il remplissait aussi des fonctions bureaucratiques.

C'était le type même de l'ignorant : il donnait l'impression d'être un grossier curé de village bien qu'il n'eût jamais quitté Madrid. Il était profondément inhumain : jamais une parole ou un geste affectueux envers les enfants à l'exception de deux ou trois qui étaient l'objet d'une tendresse excessive. S'il frappait, c'était toujours avec haine et acharnement. Ses pincements et ses gifles étaient terriblement craints.

(…) En principe, le rosaire devait être récité chaque jour, mais il n'en était rien. Les maîtres n'étaient pas partisans de tant de prières. Ils organisaient l'emploi du temps de sorte qu'il ne restait pas de place pour le rosaire qui se récitait dans la salle de classe. Un élève dirigeait la prière et les autres suivaient. Le curé disait la litanie en se promenant dans la salle pour observer si les enfants priaient et se tenaient correctement. Il mettait dans tout cela beaucoup de mauvaise intention. Il savait très bien que j'étais incapable de conduire le rosaire sérieusement et cependant, il me désignait souvent. Mais je ne progressais pas et je faisais toujours la même chose : je sautais quelques « Je vous salue Marie » ou quelques « Notre Père ». Le curé, surtout parce qu'il s'agissait de moi, comptait soigneusement et, se rendant compte de mes erreurs, il interrompait la prière, me donnait quelques coups et nous obligeait à reprendre. J'étais tellement irrécupérable que je persistais dans mes erreurs. Et, le lendemain, le curé me désignait pour « diriger » le rosaire. Et ça recommençait.

(...) Don Manuel, notre maître, était incapable de donner la moindre explication concernant le sujet de nos leçons. Sa tactique pédagogique consistait simplement à nous imposer d'apprendre lesdites leçons par cœur. À l'approche des vacances (Toussaint, carnaval, Semaine sainte ou Noël), il bloquait plusieurs leçons que nous devions apprendre si nous voulions partir en congé. Tous ceux qui avaient des leçons en retard devaient les apprendre pour l'occasion. Mais comme il était partisan du moindre effort, la récitation des leçons était une tâche imposée aux élèves les plus avancés de la classe qui s'arrangeaient de telle façon que tout le monde avait appris ses leçons et pouvait partir en vacances. Le gamin qui sortait du collège avec quelques connaissances le devait exclusivement à son bon vouloir et à force de répétition.

En dépit de tous ces défauts, don Manuel ne nous était pas vraiment antipathique. À dire vrai, il n'était pas trop sévère et n'avait pas d'aversions marquées, comme c'était le cas du curé et des surveillants.

(...) Dès qu'il entrait dans la classe, en trempant dans le chocolat ses tartines de pain grillé, il avait coutume de lire *El País*. Non qu'il fût un républicain acharné, mais il n'était pas non plus royaliste. Il se disait républicain et libre-penseur. Parfois, il s'exprimait ainsi en classe et même de façon ouverte devant tous les élèves. Il déblatérait contre le curé, se moquait de lui et nous incitait à la désobéissance à l'égard des pratiques religieuses.

LE TRAVAIL ET LA POLITIQUE

APRÈS AVOIR QUITTÉ le Colegio San Ildefonso, Paco trouva, par l'intermédiaire de l'association des anciens élèves, du travail à Madrid, dans une société commercialisant des produits pharmaceutiques.

Le patron de l'entreprise, un dénommé Salinas, était justement un ami de Juan Andrade Rodríguez.

Le pays traversait alors une période de crise et de fort chômage, et l'entreprise croulait sous les dettes. Pour éviter les tracasseries des créanciers, les employés travaillaient seulement le soir, la boutique restant fermée dans la journée…

« Travailler, c'est un bien grand mot, on tapait des factures à la machine, c'était tout ! », précisait Paco.

Au pire moment de la crise, il y eut jusqu'à un demi-million de chômeurs, ce qui correspondait à un quart du chômage enduré par les États-Unis et l'Allemagne en 1932. Au cours des premières années de la République, le nombre des grèves grimpa en flèche. En 1933, le nombre total de journées perdues avait triplé par rapport à 1931 et décuplé par rapport à 1928. Il est sûr aussi que 1933, l'année où il y eut le maximum de grèves, fut du même coup l'année de la plus grave crise économique d'Espagne. Une analyse attentive des chiffres, secteur par secteur et province par province, montre toutefois que les causes politiques jouèrent un rôle beaucoup plus grand que les exigences économiques. Le pourcentage de jours perdus lors de grèves à motifs économiques baissa continuellement entre 1930 et 1933, années pendant lesquelles précisément les périodes de grèves augmentèrent énormément. En outre, les variations dans la conduite des grévistes dans les différentes localités ne se conformèrent à aucune norme économique repérable. Ainsi, par exemple, les grèves dans l'agriculture dans la province de Málaga coûtèrent 81 600 journées de travail en 1932 et seulement 13 000 en 1933 alors qu'à Jaén seulement 27 000 journées furent perdues en 1932 contre 485 000 en 1933. Les industries métallurgiques de Vizcaya perdirent 162 000 journées de travail en 1930, 4 149 en 1931 et 91 942 en 1932. Aucun indice des prix, des salaires ou des ventes n'eut la moindre relation avec l'indice des grèves. L'année 1932 fut celle du plus grand nombre de grèves dans le secteur du bâtiment à Valence alors qu'à Barcelone ce fut l'année 1933, et les pertes dues aux grèves dans ce secteur furent quatre fois plus élevées qu'à Madrid dans la même période.

Gabriel Jackson, *La República española
y la guerra civil, 1931-1939*, Crítica, 1981, p. 101.

Un jour, le patron engagea un type plus âgé, Estebán Bilbao. Paco était alors membre des Jeunesses communistes et faisait de grands efforts pour diffuser la presse du parti dans l'entreprise, auprès de ses collègues de travail. Le nouvel arrivant l'écoutait, toujours avec une attitude distante. Un jour, las du prosélytisme de Paco, il lui tendit un paquet en disant : « Lis ça, on discutera après ! »

Dans le paquet, il y avait trois livres de Trotski.

« Ça m'a retourné comme une crêpe. Ce que j'ai lu alors n'avait rien à voir avec la rigidité de la prose stalinienne. »

Estebán Bilbao était en fait un des fondateurs du Parti communiste au Pays Basque. Arrêté par la police, il avait fait plusieurs années de prison. En sortant, il était devenu critique de la ligne stalinienne du parti. Avec Juan Andrade et Andrés Nin, il avait formé, en mai 1931, l'Oposición Comunista de Izquierda (Opposition communiste de gauche) au sein du Parti communiste, y défendant les positions de Trotski. Exclus du parti, ils formèrent ensuite, à Madrid, en mars 1932, la Izquierda Comunista (gauche communiste), groupe communiste oppositionnel.

Paco dans les années 1930.

Paco et sa mère à Paris, après la guerre.

LE DÉBAT AU SEIN DE L'IZQUIERDA SUR LES PROPOSITIONS DE TROTSKI

AU DÉBUT DES ANNÉES 1930, à 15 ou 16 ans, Paco était membre des Jeunesses communistes et militait au Secours rouge international.

« Et puis, un jour, raconta-t-il avec ironie, le "i" d'international disparut et fut remplacé par le "E" d'Espagne ! »

En effet, après le IVᵉ congrès de Séville, en 1932, les staliniens prirent le contrôle du Parti communiste et les exclusions d'opposants se succédèrent. En 1935, à l'âge de 18 ans, Paco quitta les Jeunesses communistes et rejoignit le groupe Izquierda Comunista.

Alors qu'on assistait à la montée électorale de la droite, les mouvements de grève se généralisaient. En octobre 1934, l'insurrection des mineurs asturiens aboutit à la création de la « Commune des Asturies ». La répression menée par le gouvernement de droite de Lerroux fut sanglante. On arrêta 30 000 personnes, des ouvriers furent torturés et d'autres exécutés. Les licenciés se comptèrent par milliers.

> La révolution d'octobre fut menée pour empêcher le parti de la droite autoritaire de Gil Robles (CEDA) de participer au gouvernement, participation qui, tant pour les libéraux de la classe moyenne que pour la gauche révolutionnaire, semblait équivalente à l'implantation du fascisme en Espagne. (…) Dans la région

minière de la province des Asturies, les forces unies du prolétariat engagèrent la lutte armée contre le gouvernement, l'armée et le régime capitaliste existant.

(…) L'UGT comptait le plus grand nombre d'adhérents, surtout à la capitale de la province, bien que la CNT, les communistes et les trotskistes fussent aussi représentés avec plus ou moins de force dans la région.

Les années de propagande anarchiste et marxiste avaient créé un esprit militant chez les mineurs. (…) Dans le passé, les querelles sectaires avaient fréquemment empêché de réaliser l'unité d'action ; mais en 1934, ayant en tête le triomphe de Hitler en Allemagne et de Dollfuss en Autriche, ils parvinrent à un degré d'unité assez élevé. Après avoir adopté le slogan d'« union des frères prolétaires » comme dénominateur commun de leurs groupes, les différentes organisations de la classe ouvrière s'unirent en comités révolutionnaires locaux.

Dans la nuit du 4 octobre, quand arriva la nouvelle de la formation du nouveau gouvernement, les comités décidèrent aussitôt de proclamer la grève générale. À Mieres, où dominaient les mineurs communistes, 200 militants, armés d'une trentaine de carabines, assiégèrent la mairie et les prisons. Grâce à une combinaison d'effet de surprise, de terreur et d'exagération de leur nombre (en tirant avec les mêmes carabines depuis différentes positions), ils obtinrent la reddition des gardes civils et des gardes d'assaut. Le lendemain, ils occupèrent facilement d'autres villes minières situées entre Mieres et Oviedo, en utilisant parfois le drapeau de la Croix-Rouge comme bannière, et le 6 ils attaquèrent la capitale même de la province. Oviedo comptait quelque 80 000 habitants et, contrairement aux centres miniers, il y avait dans la ville une classe moyenne considérable, une université, divers

organismes gouvernementaux et une garnison de
1 000 hommes. Quelque 8 000 militants marchèrent
sur la ville. Ils avaient très peu d'armes, pas d'artillerie, mais transportaient une grande quantité de dynamite. Comme la majorité de la population s'était
cachée derrière ses persiennes closes, les mineurs s'emparèrent de la plus grande partie de la ville, occupant
le rez-de-chaussée des bâtiments officiels et se collant
aux murs pour se protéger des tirs qui venaient des
étages supérieurs.

Gabriel Jackson, *La República española y la guerra
civil, 1931-1939*, Crítica, 1981, pp. 144 et 148-49.

Ce fut dans ce contexte d'instabilité politique et sociale,
de radicalisation des luttes, que les prises de position de
Trotski ouvrirent un fort débat au sein de l'Izquierda. Deux
tendances s'y affrontèrent. L'ancien chef bolchevique défendait la nécessité de rejoindre le PSOE. Personnalité très res-
pectée au sein de l'Izquierda, Trotski affirmait que le Parti
socialiste était l'organisation la mieux ancrée dans la classe
ouvrière. Devant la montée et la radicalisation du mouvement social, il argumentait que la tâche des militants de la
Gauche communiste était de pousser le parti vers sa gauche,
de s'opposer aux tactiques de front populaire, manipulées
par le Parti communiste. L'autre tendance, menée par Nin
et Andrade, revendiquait la possibilité de mener une lutte
révolutionnaire indépendante.

Les deux positions de l'Izquierda s'affrontèrent au cours
du congrès qui eut lieu à Barcelone. La tendance minoritaire, défendant l'idée de mener une lutte indépendante,
sans liens avec le PSOE, vota, au congrès de Les Planes, près
de Barcelone, le 29 septembre 1935, en faveur de la fusion
avec le Bloc Obrer i Camperol de Catalogne (Bloc ouvrier
et paysan de Catalogne), pour fonder le Partido Obrero de

Unificación Marxista (POUM). Joaquím Maurín était alors un des dirigeants du Bloc.

Paco, malgré son admiration pour Trotski, se sentait plus proche de cette tendance opposée à l'entrée dans le PSOE. Il fut membre du POUM dès sa constitution et deviendra secrétaire administratif de la section de Madrid. Il était aussi affilié au syndicat UGT.

Entre-temps, le VIIe Congrès du Komintern, en juillet-août 1935, à Moscou, avait adopté la nouvelle ligne de Front populaire – soulevant un débat dans les milieux à gauche du Parti communiste. Quelle position fallait-il adopter ? En janvier 1936, le PSOE, le PCE et les partis de la gauche républicaine signèrent un accord de front populaire. Le POUM signa aussi l'accord, provoquant la colère de Trotski contre Andrade et Nin.

> **Quel est, face à ce puissant mouvement, le rôle du Front populaire ? Celui d'un gigantesque frein, construit et manié par des traîtres et de fieffées canailles. Et, hier encore, Juan Andrade a signé le programme particulièrement infâme de ce Front populaire !**
>
> **(…) Que les ouvriers poussent dans la direction de la révolution, c'est prouvé par le développement de toutes leurs organisations, en particulier par celui du Parti socialiste et des Jeunesses socialistes. Il y a deux ans, nous avons posé la question de l'entrée des bolcheviks-léninistes dans le parti socialiste. Les Andrés Nin et Andrade ont repoussé cette proposition avec le mépris de philistins conservateurs : ils tenaient avant tout à leur « indépendance » parce qu'elle leur assurait leur tranquillité et ne les engageait à rien. L'adhésion au Parti socialiste en Espagne aurait pourtant abouti, dans les conditions données, à des résultats**

infiniment meilleurs qu'en France par exemple – à condition toutefois que l'on ait réussi à éviter les énormes erreurs commises par les camarades de la direction française, bien entendu. Depuis, Nin et Andrade ont fusionné avec le confusionniste Maurín pour courir avec lui derrière le Front populaire. Cependant les ouvriers socialistes qui aspirent à la clarté révolutionnaire ont été victimes des escrocs staliniens. La fusion des deux organisations de jeunesse signifie que les mercenaires de l'Internationale communiste vont abuser des meilleures énergies révolutionnaires et les détruire. Et les « grands » révolutionnaires Andrés Nin et Andrade se tiennent à l'écart, afin de mener avec Maurín une propagande parfaitement inopérante en faveur de la « révolution démocratique-socialiste », c'est-à-dire en faveur de la trahison social-démocrate.

Léon Trotski, « Lettre à un ami espagnol », 12 avril 1936.

FRONT POPULAIRE ET RÉVOLUTION

En FÉVRIER 1936, une vague de grèves et d'occupations de terres sans précédent accompagna la victoire électorale du Front populaire.

Paco conservait un vif souvenir de la grève des ouvriers du bâtiment, à Madrid, en juin 1936. Il s'y référait souvent comme à une lutte exemplaire, menée de façon unitaire par les travailleurs organisés en assemblées, au-delà des divisions syndicales.

C'était « l'heure d'agir », disait l'hebdomadaire *Tierra y Libertad*, à la fin mai *[1936]*. « Les événements nous tombent dessus ; et, plus que déterminés, nous autres anarchistes devons être déterminants. » Parfois, jamais autant qu'alors, il paraissait inévitable que la CNT, qui vivait dans et de l'occupation de la rue, s'y jetterait. Le congrès de Saragosse *[début mai 1936]* venait de renoncer à la voie insurrectionnelle. (…) Cette fois, ce ne seraient pas les joyaux de la couronne confédérale, Barcelone et Saragosse, qui mèneraient la lutte. Ce furent Séville et, surtout, Madrid, où le prestige de capitale politique amplifiait la visibilité et les effets de la vague de grèves que vivait une bonne partie du pays. Dans les deux villes, le moteur principal de cette vague était le secteur de la construction. La grève y commençait par des revendications salariales radicales et des demandes de réduction de la journée de travail. Mais, à Madrid surtout, le conflit dépassait la stricte question du travail. C'était une épreuve de force face au patronat qui n'acceptait pas les conditions de travail que le Syndicat unique de la construction (SUC) de Madrid avait votées en avril et auquel devait se rallier l'UGT pour ne pas rester isolée.

(...) Cette grève se fit aussi comme un défi à l'État dans la mesure où elle refusa l'arbitrage gouvernemental. Et elle se transforma en une sanglante épreuve de force entre la CNT et l'UGT, pour le contrôle syndical de la branche. Après deux dures semaines de lutte, le syndicat ugétiste accepta de participer à la commission mixte mise en place par le gouvernement ainsi qu'à son arbitrage du 3 juillet. Les assemblées du SUC choisirent toutefois d'aller de l'avant malgré les accusations d'irresponsabilité lancées par la CNT. Deux semaines plus tard, la moitié des travailleurs poursuivent la grève, les deux syndicats tenaient la rue fusil à la main, les victimes étaient déjà au nombre de huit, des ouvriers mais aussi des phalangistes, et les dirigeants du SUC se trouvaient de nouveau en prison. Ce fut dans ces conditions qu'éclata la guerre, qui plaça tous ces conflits dans un scénario radicalement différent.

José Luis Ledesma Vera, « Huelgas de la construccíon en Sevilla y Madrid », *Cien imagenes para un centenario*, Fundación Anselmo Lorenzo, Madrid, 2010.

Ce fut alors que, du 17 au 20 juillet 1936, le soulèvement militaire franquiste s'étendit à toute l'Espagne. À Barcelone, l'insurrection ouvrière gagna les casernes et la rue, fit échouer les plans des franquistes. À Madrid, la grève des travailleurs du bâtiment se transforma en grève générale et les combats de rue se terminèrent, le 21 juillet, par la capitulation des militaires révoltés. Le même jour se forma à Barcelone le comité central des milices de Catalogne.

Peu de temps après la création du POUM, Paco retrouva Estebán Bilbao, l'ancien collègue de travail qui lui avait fait découvrir Trotski.

Dirigeant de l'Izquierda, il était de ceux qui avaient refusé d'adhérer au POUM. Il avait donc rejoint le PSOE, en accord avec la tactique prônée par Trotski. La guerre civile venait de commencer et Estebán lança à Paco :

– Vous allez tous vous faire massacrer !

« J'ai eu le sentiment qu'il avait raison, dira Paco, long-temps après. Mais que proposaient-ils comme alternative ? Munis, qui avait lui aussi refusé d'entrer au POUM, s'était empressé de partir au Mexique en 1935… »

En effet, non sans une certaine amertume, Paco rappe-lait toujours que l'attitude de Munis * – un militant de premier plan de l'Izquierda – lui avait semblé à l'époque, à lui et à d'autres, inconséquente. En effet, Munis, qui était

---

* Manuel Fernández Grandizo, dit Munis est né en 1911 à Llerena, en Extrema-dura. Dans sa jeunesse, il vit au Mexique avec ses parents où il participe aux pre-mières activités de l'Opposition trotskiste. Expulsé pour ses activités politiques, il revient en Espagne en 1928 où il est un des fondateurs de l'Opposition com-muniste de gauche trotskiste et ensuite de l'Izquierda comunista. Partisan de la ligne de Trotski, il ne rentre pas au POUM (qui, entre-temps, a refusé aux trots-kistes de se constituer en fraction au sein du parti) et repart au Mexique début 1936. De retour en Espagne et après avoir participé à l'insurrection de juillet 1937, à Barcelone, Munis est emprisonné par les staliniens en février 1938. Il réussit à s'échapper et revient au Mexique en 1939, où il devient un proche de Trotski et de sa femme, Natalia Sedova. Suite à l'assassinat de Trotski (1940), à partir de 1941, Natalia, Munis et Benjamin Péret critiquent les positions de la IVe Internationale et tout particulièrement sa défense de l'URSS caractérisée comme un « État ouvrier dégénéré ». En 1948, déjà installés en France, ils rom-pent définitivement avec la IVe Internationale. En 1951, Munis et quelques-uns de ses camarades reviennent clandestinement en Espagne, se font arrêter et sont condamnés à dix ans de prison. Munis sort de prison en 1958, revient en France et fonde avec Benjamin Péret le groupe Fomento Obrero Revolucionario.
Son livre sur la Révolution espagnole, *Jalones de derrota : promesa de victoria* (España 1930-1939), fut publié une première fois au Mexique en 1948 et dans une seconde édition à Madrid en 1977 (Zero-Zyx). On peut lire de lui en fran-çais, *Parti-État, stalinisme, révolution* (Spartacus), en collaboration avec Benjamin Péret, *Les Syndicats contre la Révolution* (Losfeld, 1968) et *Pour un second manifeste communiste* (Losfeld, Paris, 1965). Munis est mort à Paris le 4 février 1989.

d'accord, sur le fond, avec Trotski, s'était opposé à la fusion de l'Izquierda avec le Bloc Obrer i Camperol de Catalogne, fusion qui avait abouti à la fondation, en septembre 1935, du POUM. Plus tard, Munis avait également critiqué la signature de l'accord du Front populaire par le POUM. Mais Munis avait esquivé son adhésion au PSOE, comme le proposait Trotski tout à sa tactique d'entrisme, en partant, début 1936, au Mexique. Revenu en Espagne en juillet, il participa aux combats sur le front de Madrid et fonda à Barcelone, en novembre 1936, la Sección bolchevique-leninista de España, section de la IVᵉ Internationale, dont l'organe était *La Voz Leninista*. Estebán Bilbao lui-même finira plus tard par quitter le PSOE pour militer avec Munis dans ce groupuscule bolchevique-léniniste. Les poètes surréalistes Benjamin Péret et le cubain Juan Bréa en firent également partie.

À Madrid, le principal dirigeant du POUM était Juan Andrade. C'était un homme politiquement brillant, doué d'une grande intelligence, que Paco admirait. En 1920, alors dirigeant des Jeunesses socialistes, Andrade joua un rôle important dans la scission du Parti socialiste qui donna naissance au Parti communiste espagnol. Plus tard, membre de la minorité de l'*Izquierda comunista,* il fut de ceux qui optèrent pour la formation du POUM, dont il devint un des dirigeants. Et, le 15 janvier 1936, c'est à ce titre qu'il fut, à Madrid, le signataire de l'accord de front populaire avec les républicains et les staliniens – qui provoqua la fameuse colère de Trotski contre lui et Nin. Il faut préciser que de nombreux militants du POUM étaient sensibles à la critique de Trotski et demeuraient méfiants, voire opposés à cet accord avec le PSOE et le PCE. C'était le cas de Jaime Fernández Rodríguez [*] et d'Agustín Rodríguez

---

[*] Jaime Fernández Rodriguez (1914-1998), après avoir opté pour la formation du POUM, se trouvera en accord avec les positions de Munis. Il fera partie de la Sec-ción bolchevique-leninista tout en continuant de militer au POUM. Sur Jaime et Augustín, voir pp.77-77 et 81 ce qui concerne les années d'exil.

Arroyo, que Paco retrouva plus tard à Paris et qui resteront des proches. Mais, eux non plus ne voyaient pas d'autre alternative que de se battre au sein du POUM !

Paco affirma toujours que la majorité des militants du POUM qu'il connaissait ne considérait pas cet accord de Front populaire comme un piège ni même comme un engagement politique susceptible de les paralyser. Ils le percevaient plutôt comme une décision commandée par la nécessité d'éviter l'isolement du parti, en tout premier lieu par rapport à la CNT. Leur liberté de pensée et d'action, ils la manifesteront nettement lors des Journées de mai 1937, en participant aux événements.

Quoi qu'il en soit, le fait est que, après les événements de Vienne en février 1934, les grèves insurrectionnelles des mineurs asturiens en octobre de la même année, et les grèves de masse en France en 1936, Trotski en avait déduit qu'on assistait à une radicalisation de la base ouvrière des partis communistes et socialistes. Pour lui, la tâche du moment était « claire comme la lumière du jour » : ses partisans devaient entrer dans les partis socialistes afin d'encourager cette radicalisation.

L'ATMOSPHÈRE RÉVOLUTIONNAIRE
DE L'ÉPOQUE

SI LES GRÈVES des mineurs asturiens – la « Commune des Asturies » – sont parfois mentionnées lorsqu'on parle des prémices de la guerre civile en Espagne, l'insurrection ouvrière de Vienne en février 1934 est aujourd'hui largement méconnue. Paco insistait souvent sur le fait que ces événements – ainsi que les mouvements sociaux qui précédèrent en France l'avènement du Front populaire – avaient beaucoup marqué les révolutionnaires espagnols de cette période.

La nouvelle d'une résistance armée dans le Cercle ouvrier de Linz se répand dans Vienne comme une traînée de poudre. Comme militant des Jeunesses communistes clandestines, je me mets immédiatement à la disposition du comité central et de la direction régionale du Parti qui se bornent cependant à de petites actions d'agitation et de propagande sans commune mesure avec l'importance de l'événement. Le PC et ses formations sont pris à l'improviste par les batailles de rue de février, des communistes y participent seulement à titre individuel. (...) Les Jeunesses communistes sont incapables de réagir vite et efficacement à ces événements inattendus.

Je parcours les rues pour essayer de rejoindre les lieux où l'on combat au-delà du Danube. La grande masse des ouvriers de Vienne reste passive et attend des directives. Le tramway et de nombreuses entreprises se sont arrêtés, non pas à cause d'une véritable grève générale mais suite à la coupure du courant à la centrale électrique, œuvre d'une minorité décidée. La police et l'armée ont bouclé les quartiers qui se sont soulevés et sont complètement maîtres des opérations. (...) On entend les rafales des fusils-mitrailleurs au loin. En ces heures, nous croyons encore possible de rattraper à Vienne ce qui a été raté en Allemagne.

Gustav Gronich défend le pont de Kagran avec quelques autres. Dans ce groupe, la plupart des combattants n'appartiennent à aucun parti, même pas au Schutzbund *[milice du parti social-démocrate]* ; ce sont de simples prolétaires du faubourg de Kagran. Ils se battent jusqu'au moment où tout espoir est perdu. Dollfuss *[le chancelier nationaliste]* envoie des armes lourdes. Au soir du deuxième jour du soulèvement, Max dissout son petit groupe de combat, jette son fusil dans une sablière, traverse le bras du Danube pris par la glace et rentre chez lui, indemne, ni vu ni connu.

(...) Le 13 février, Vienne est prise de panique, des groupes de la Heimwehr *[milice paramilitaire d'extrême droite]* se déplacent à toute allure, c'est la terreur blanche. Je passe dans des rues et des ruelles isolées, les habitants jettent par la fenêtre leurs insignes du Parti socialiste par peur qu'on les trouve chez eux lors d'une perquisition. Par hasard, je rencontre Bruno Holfeld, rédacteur responsable du journal *AZ* et vieille connaissance de mes parents. « Que faire ? Que faire » ? gémit-il. Il est désespéré. Quelques jours plus tard, il est rédacteur de la presse de Dollfuss, mise au pas, et en 1938 il passera chez les nazis.

Georg Scheuer, *Seuls les fous n'ont pas peur – scènes de la guerre de trente ans (1915-1945)*, Syllepse, 2002, pp. 62-63.

Quelques mois après l'écrasement de l'insurrection de Vienne, c'est le grand mouvement des mineurs asturiens qui se terminera aussi par une défaite, en octobre 1934.

LE POUM À MADRID
ET LA DÉCOUVERTE D'OROBÓN FERNÁNDEZ

SI LE POUM était bien implanté en Catalogne, il n'était à Madrid qu'une petite organisation. Il regroupait un nombre réduit de militants, à peine une trentaine, dont environ 60 % venaient des Jeunesses communistes et de l'Izquierda Comunista. Pour ces militants, la critique que le PCE faisait du PSOE était déjà perçue comme timorée, voire insuffisante. C'était le cas de Paco. Comme il le faisait remarquer, c'était justement une des raisons pour laquelle ils avaient quitté le PCE pour rejoindre l'Izquierda Comunista. Alors, dans ces circonstances, revenir au PSOE, comme leur proposaient Trotski et la majorité de l'Izquierda Comunista, leur semblait un retour en arrière inacceptable.

À Madrid, les militants du POUM étaient très sensibles à l'influence de la CNT auprès des ouvriers. Paco ne manquait jamais de rappeler l'importance qu'avaient eue les luttes menées par la CNT à Madrid pendant la République. Deux grèves avaient particulièrement marqué l'époque. La première était la grève générale du bâtiment de 1936, citée plus haut. La deuxième était celle des travailleurs de l'hôtellerie contre le pourboire et pour des salaires dignes. Paco racontait, avec humour, que celui qui laissait un pourboire dans un café ou un restaurant risquait les remontrances des employés, pour peu qu'il tombe sur des militants ou sympathisants de la CNT. Ceux-ci se lançaient alors invariablement dans un discours contre le pourboire, perçu comme une aumône. La victoire de cette grève avait augmenté considérablement la popularité de la CNT dans la capitale.

Paco lisait régulièrement *La Tierra* *, journal paraissant à Madrid, indépendant de la CNT, mais proche des positions anarchistes. Le rédacteur en chef était le militant libertaire Eduardo de Guzmán. Y collaboraient, outre des anarchistes, des républicains fédéralistes et des intellectuels radicaux. Parmi les collaborateurs anarchistes figurait Orobón Fernández. Orobón, qui avait vécu à Berlin, était un proche de Rudolf Rocker et avait été secrétaire de l'AIT. Pour Paco et ses amis, Orobón était un des militants de la CNT dont les conceptions tranchaient avec celles de la majorité des dirigeants de l'organisation anarchiste. C'était un homme qui avait une vision cohérente du moment historique, qui comprenait le fascisme comme une tendance nouvelle du pouvoir bourgeois, qui n'avait aucune illusion sur les socialistes, défenseurs de l'État, ni sur le rôle contre-révolutionnaire des communistes soumis à Moscou. Orobón défendait une union à la base des militants de l'UGT et de la CNT au sein d'organisations unitaires de type conseil. Il avait été très influencé par la Révolution allemande et, en particulier, par la République de conseils de Bavière. Il mourut juste avant le soulèvement militaire franquiste. Paco appréciait ses interventions et ses qualités d'orateur, où un côté didactique s'alliait à une solide formation théorique, une fine connaissance de la critique de l'économie politique, le tout animé par un fort idéal libertaire. L'idée de l'unité ouvrière à la base était une proposition qui faisait écho à une profonde aspiration du moment.

---

* Paco rappelait que cette lecture lui procurait un grand plaisir, comme « *miel sobre hojuela* » (textuellement : « du miel sur le gâteau », expression proverbiale qui veut dire « ça tombe à point »), disait-il. S'arrêtant un jour sur l'utilisation de cette expression, il s'interrogeait sur le curieux fonctionnement du cerveau. Cela faisait de nombreuses années qu'il ne l'utilisait plus et voilà qu'un jour, se souvenant de la lecture de *La Tierra*, l'expression lui revint à l'esprit. Comme si les mots et les expressions restaient associés à des faits et à un moment précis...

Pour vaincre l'ennemi qui se masse face au prolétariat, le bloc de granit des forces ouvrières est indispensable. La fraction qui tourne le dos à cette nécessité se retrouvera seule et assumera une grave responsabilité à l'égard d'elle-même et de l'Histoire. Car une victoire prolétarienne partielle qui, sans être la propriété exclusive d'aucune tendance, réaliserait pour le moment les aspirations minimales communes à tous les éléments associés, aspirations minimales qui commencent par la destruction du capitalisme et la socialisation des moyens de production, une telle victoire serait mille fois préférable à la défaite qu'entraînerait inévitablement notre isolement.

SE SITUER FACE À L'UNITÉ
ET SE SITUER FACE À LA RÉVOLUTION

Le danger commun, justement perçu par les masses ouvrières, a fait surgir chez elles une forte tendance à l'unité d'action. Cette lecture tactique imposée par la base et contraire aux incompatibilités classiques qui se dressaient comme des murailles jusqu'à une date récente, a déconcerté certains militants de la CNT, lesquels voient avec méfiance la spontanéité avec laquelle se produit le rapprochement de secteurs ouvriers qui, dans d'autres circonstances, s'affrontaient durablement. Et il n'a pas manqué de compagnons importants dans les milieux confédéraux qui, de bonne foi, sans aucun doute, se sont déclaré adversaires de cette interprétation ouvrière et qui ont également lancé des appels pathétiques en faveur des principes anarchistes que faussement ils croient menacés.

Ces camarades semblent ne pas s'être rendu compte du profond changement qu'a connu le paysage social d'Espagne au cours des deux derniers mois, changement qui peut se résumer en trois points : primo, la disqualification totale de la démocratie et de ses expédients politiques ; secundo, la radicalisation réactionnaire de la bourgeoisie espagnole, qui se dirige ostensiblement vers le fascisme ; et, tertio, le déplacement théorique et pratique de la social-démocratie qui, en abandonnant sa funeste politique collaborationniste, a retrouvé ses positions de classe.

(…) L'accord de caractère tactique est celui qui offre le moins de difficultés, maintenant que tous les secteurs convergent pour apprécier la gravité des circonstances actuelles, et il suffirait de discuter et de préciser les détails de forme et d'opportunité.

Là où surgissent des écueils assez difficiles à cerner, c'est dans l'orientation à suivre après le fait anecdotique. Largo Caballero parle de « la reconquête intégrale du pouvoir public » ; les communistes veulent l'implantation de la « dictature du prolétariat », et les anarcho-syndicalistes aspirent à instaurer le « communisme libertaire », en utilisant comme cellules essentielles la commune rurale et l'organisation ouvrière industrielle. Ici, les termes diffèrent assez entre eux, si l'on note que, tandis que les socialistes et les communistes résument leur programme à des consignes exclusivement tactiques, représentées par les figures politiques, « pouvoir public » et « dictatures », les anarcho-syndicalistes offrent dans le leur un système particulier et complet.

De ces trois points de vue, il convient de laisser tout ce qui ce qu'il y a de réfractaire et d'incompatible. C'est seulement ainsi qu'on pourra trouver la ligne de convergence nécessaire, dont la conquête et le maintien conditionnent le triomphe permanent et croissant d'une révolution prolétarienne.

Valeriano Orobón Fernández, *La Tierra* (29 et 31 janvier 1934), *in* José Luís Gutierrez Molina, *Valeriano Orobón Fernandez, Anarcosindicalismo y Revolución en Europa*, Libre Pensamiento, 2007, pp. 269-270, 274-275 et 276-277.

Un jour, Orobón prit la parole dans un meeting à Usera, dans la banlieue sud de Madrid. C'était, à l'époque, une zone agricole avec quelques terrains de football pour des clubs amateurs… Paco s'était déplacé pour l'écouter. Au cours de ce meeting, Orobón Fernández parla de façon spontanée et sans notes. Cette manière de s'exprimer était, à l'époque, fort prisée par les militants anarchistes qui y voyaient une preuve que l'orateur exprimait sa pensée de façon indépendante. Orobón attaqua violemment les staliniens. Il illustra ses propos en faisant référence à une visite d'un ministre de Mussolini à l'Union soviétique de Staline, où il avait été fort bien accueilli. De façon provocatrice, Orobón suggéra que, en cas de victoire du Parti communiste en Espagne, les chefs staliniens ne refuseraient pas de se promener, bras dessus bras dessous, avec les chefs franquistes – pour peu que cela correspondît aux intérêts de Moscou. À l'époque, rappelait Paco, rares étaient les dirigeants de la CNT qui osaient parler avec une telle franchise.

À ce jour, aucun texte d'Orobón Fernández n'a été traduit en français. Même en Espagne, il est assez mal connu dans les nouveaux milieux libertaires.

Lors d'un de ses derniers voyages à Madrid par le train, Paco découvrit avec surprise et plaisir que son compagnon de compartiment, José Luis Gutiérrez Molina, était un fin connaisseur d'Orobón Fernández, sur lequel il préparait un livre [*].

---

[*] José Luis Gutiérrez Molina publiera en 2007 *Valeriano Orobón Fernández. Anarcosindicalismo y Revolución en Europa* (Valladolid, Libre Pensamiento, 2007) ; voir aussi, en annexe, p. 112.

Le bataillon Lénine du POUM ; septième à partir de la gauche, au premier rang : George Orwell.

LES ORGANISATIONS SŒURS

À MADRID, pendant la guerre, le petit noyau des militants du POUM entretenait d'excellentes relations avec la CNT. Pour certains, la force de la CNT constituait un rempart contre le parti stalinien, qui se renforçait avec l'aide soviétique. C'était ce qui pensait, entre autres, Quique Rodríguez, un des militants les plus actifs, que Paco connaissait bien*. Les rédacteurs du journal *CNT*, Pradas et Abraham Guillerm, passaient au moins une fois par semaine au local du comité madrilène du POUM pour discuter. Ce n'était pas officiel, juste des relations informelles entre camarades. Parmi les membres du POUM de Madrid, certains, dont Paco, étaient syndiqués à l'UGT, d'autres l'étaient à la CNT. C'était le cas du peintre surréaliste galicien Eugenio Fernández Granell (1912-2001)**, qui était

---

* Voir *infra* (annexes, p. 105) le témoignage de Mika Etchebéhère, extrait de *Ma Guerre d'Espagne à moi* (Actes Sud, 1998).

** Eugenio Granell est né en 1912 à Coruna, Galice. Musicien et peintre, actif dans le milieu artistique de Madrid, il fut politiquement proche du dirigeant du POUM Juan Andrade. Granell se trouvait à Barcelone lors des Journées de mai 1937, où, par intermédiaire d'Andrade, il fit la connaissance d'Orwell. Réfugié d'abord en France, il part en Amérique latine avec sa compagne, ancienne militante de la CNT, d'abord en République dominicaine, ensuite au Guatemala, puis au Mexique, où il se lie avec Victor Serge, et enfin à Porto Rico. Au Guatemala, il est fortement séduit par la culture indienne. « Nous n'avons pas pu devenir indiens car cela est très difficile. Mais cela m'aurait bien plu. » Il s'installe enfin à New York, où il enseigne. Il devient un proche de Marcel Duchamp, rejoint le milieu surréaliste et fréquente André Breton. De retour en Espagne, en 1995, il crée à Saint-Jacques-de-Compostelle la Fondation Granell avec un musée dédié à la peinture surréaliste. Il est mort en 2001.

à la fois membre du POUM et de la CNT. « Pendant la guerre civile, j'étais membre du POUM, une organisation qui dénonçait les manœuvres staliniennes. (…) Le POUM et la CNT étaient pour ainsi dire des organisations sœurs qui se protégeaient mutuellement* », rappellerait-il des années plus tard. Paco connut Granell dans les années qui précédèrent la guerre, à Madrid, alors que celui-ci collaborait à la presse du POUM.

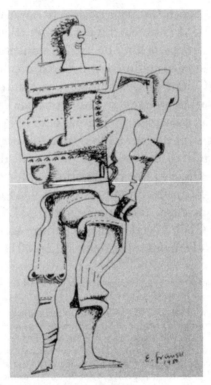

Eugenio Granell,
dessin sans titre, 1950.

---

* Interview d'Eugenio Granell, juin 2000, *BICEL (Boletín Interno del Centro de Estudios Libertarios Anselmo Lorenzo)*, Madrid, octobre 2000.

LES JOURNÉES DE MAI 1937
À BARCELONE

L E 25 SEPTEMBRE 1936, Andrés Nin entra au gouvernement de la Généralité de Catalogne avec le portefeuille de la Justice. Cette décision fut prise après de débats tendus au sein du parti. Beaucoup y étaient opposés et insistaient sur la nécessité de privilégier le comité des milices par rapport aux institutions de l'État. En octobre, la bataille autour de Madrid faisait rage et, le 8 octobre 1936, par un décret du gouvernement Largo Caballero, les milices populaires furent militarisées et intégrées dans l'armée républicaine, alors même que, sur le front, les franquistes recevaient l'appui de troupes italiennes. Le 22 octobre, le gouvernement approuva la création des Brigades internationales et, une semaine plus tard, Caballero annonça l'arrivée de l'aide soviétique.

Le 3 novembre 1936, quatre dirigeants de la CNT-FAI furent nommés ministres dans le gouvernement Caballero, lequel s'installa à Valence. Le 13 décembre 1936, sous la pression des communistes catalans du PSUC, Nin fut contraint de quitter son poste au Conseil de la Généralité de Barcelone. La direction du PSUC accusa le POUM d'« inqualifiable campagne antisoviétique » soulignant que « combattre l'URSS en ce moment, [c'était] commettre une trahison »*. Le fait est que, dès la fin 1936, l'aide militaire de Staline au gouvernement républicain renforça le pouvoir du PCE et

---

* Comorera, dirigeant du PSUC, cité par Víctor Alba, *op. cit.*, p. 259.

fragilisa le gouvernement de Largo Caballero. De son côté, la direction du POUM aimait encore à croire que cette exclusion n'était qu'un accident de parcours.

Entre-temps, au quotidien, les conditions de vie des travailleurs continuèrent de se dégrader.

> Au début de mars, le décret de contrôle de l'ordre Public, rejeté par la CNT, ouvrit une profonde et grave crise de gouvernement de la Généralité. La vie quotidienne des travailleurs était affectée par le coût de la vie, les queues du rationnement et la pénurie des produits de base. En mars et avril 1937, il se produisit nombre d'affrontements, dans diverses localités de Catalogne, entre les militants anarchistes et les forces de la Généralité et du PSUC, parmi lesquels celui qui se déroula à Bellver de Cerdagne. Une lutte sourde commença à opposer les militants de la CNT, qui voulaient maintenir la collectivisation et leur contrôle ouvrier, et ceux qui soutenaient l'interventionnisme de la Généralité préparée par les décrets de S'Agaro *[qui marquèrent le début de l'offensive de la Généralité pour s'emparer du contrôle des entreprises collectivisées]*.
>
> Agustín Guillamón, « Un théoricien révolutionnaire : Josep Rebull », *Cahiers Léon Trotski*, septembre 2000.

Le 3 mai 1937, à Barcelone, de violents affrontements éclatèrent entre les cénétistes qui contrôlaient la compagnie des téléphones et la police de la Généralité dirigée par les staliniens du PSUC. Lorsque ces affrontements furent connus, une grève générale se déclencha spontanément, les locaux de la police et du PSUC furent encerclés, des barricades érigées partout dans la ville et ses banlieues. Les affrontements durèrent jusqu'au 7 mai. Ce furent les Journées de mai 1937. Sur les barricades se trouvaient des militants de la CNT ainsi que des membres du POUM, dont l'ami madrilène de Paco, Jaime Fernández.

Vers midi, le 3 mai, un ami qui traversait le hall de l'hôtel me dit en passant : « Il y a eu une espèce d'émeute au Central téléphonique, à ce que j'ai entendu dire. » Je ne sais pourquoi, sur le moment, je ne prêtai pas attention à ces mots.

Cet après-midi-là, entre trois et quatre, j'avais descendu la moitié des Ramblas lorsque j'entendis plusieurs coups de feu derrière moi. Je fis demi-tour et vis quelques jeunes gens, le fusil à la main et, au cou, le foulard rouge et noir des anarchistes, se faufiler dans une rue transversale qui partait des Ramblas vers le nord. Ils étaient manifestement en train d'échanger des coups de feu avec quelqu'un posté dans une haute tour octogonale – une église, je pense – qui commandait la rue transversale. Je songeai instantanément : « Ça y est, ça commence ! » Mais je n'éprouvai pas grande surprise, car depuis des jours et des jours tout le monde s'attendait à tout moment à ce que « ça » commençât. Je compris, bien que je dusse immédiatement retourner à l'hôtel voir s'il n'était rien arrivé à ma femme. Mais le groupe d'anarchistes, aux abords de la rue transversale, refoulait les gens en leur criant de ne pas traverser la ligne de feu.

De nouveaux coups claquèrent. La rue était balayée par les balles tirées de la tour et une foule de gens saisis de panique descendit précipitamment les Ramblas pour s'éloigner du lieu de la fusillade ; d'un bout à l'autre de la rue, on entendait le claquement des rideaux de fer que les commerçants abaissaient aux devantures. Je vis deux officiers de l'Armée populaire battre prudemment en retraite d'arbre en arbre, la main sur leur revolver. Devant moi, la foule s'engouffrait dans une station de métro au milieu des Ramblas pour se mettre à l'abri. Je décidai aussitôt de ne pas les suivre. C'était risquer de demeurer bloqué sous terre pendant des heures.

À ce moment, un médecin américain qui s'était trouvé avec nous au front vint à moi en courant et me saisit par le bras. Il était surexcité.

– Allons, venez ! Il nous faut gagner l'hôtel Falcón. (L'hôtel Falcón tenait lieu de pension de famille pour le POUM, qui avait pris les frais d'entretien à sa charge et où descendaient surtout des miliciens en permission.) Les camarades du POUM vont s'y réunir. La bagarre est déclenchée. Nous devons nous serrer les coudes.

– Mais de quoi diable s'agit-il au juste ? demandai-je.

Le docteur m'entraînait déjà en me tirant par le bras. Il était bien trop excité pour pouvoir faire un exposé très clair de la situation. Il ressortit de ses paroles qu'il s'était trouvé sur la place de Catalogne au moment où plusieurs camions remplis de gardes civils armés étaient venus s'arrêter devant le Central téléphonique, dont la plupart des employés appartenaient à la CNT. Les gardes civils avaient brusquement attaqué. Puis quelques anarchistes étaient survenus et il y avait eu une échauffourée générale. Je conclus de tout cela que l'« espèce d'émeute » du matin avait eu pour cause l'exigence formulée par le gouvernement de se faire remettre le Central téléphonique, et le refus qu'on y avait naturellement opposé.

Comme nous descendions la rue, un camion qui filait à toute vitesse nous croisa. Il était bondé d'anarchistes, le fusil à la main. Sur le devant, un jeune homme était allongé à plat ventre sur une pile de matelas, derrière une petite mitrailleuse. Quand nous arrivâmes à l'hôtel Falcón, une foule de gens grouillait dans le hall ; la confusion la plus complète régnait, personne ne paraissait savoir ce qu'on attendait de nous, et personne n'était armé, à l'exception de la poignée d'hommes des troupes de choc qui formaient la garde habituelle du local. Je traversai la rue pour me rendre au comité local du POUM, situé presque en face. En haut, dans la salle où habituellement les miliciens venaient toucher leur solde, grouillait aussi une masse de gens. Un homme d'une trentaine d'années, grand, pâle, assez beau, en vêtements civils, s'efforçait de rétablir l'ordre et distribuait les ceinturons et les cartouchières qui étaient entassés dans un coin. Il ne semblait pas jusqu'à maintenant y avoir de fusils. Le docteur avait disparu – je crois qu'il y avait déjà des blessés et qu'on avait réclamé des médecins –, mais il était arrivé un autre Anglais. Bientôt, l'homme de haute taille et quelques autres commencèrent à sortir d'un arrière-bureau des brassées de fusils et les firent passer à la ronde. Comme nous étions, l'autre Anglais et moi, en tant qu'étrangers, quelque peu suspects, personne, d'abord, ne voulut nous donner un fusil. Mais sur ces entrefaites arriva un milicien que j'avais connu sur le front et qui me reconnut ; on nous donna alors, encore qu'un peu à contrecœur, des fusils et un petit nombre de chargeurs.

(…) En gros, les forces de la CNT, de la FAI et du POUM tenaient les faubourgs ouvriers tandis que les forces de police armées et le PSUC tenaient la partie centrale et résidentielle de la ville. Le 6 mai, il y eut un armistice, mais on ne tarda pas à reprendre la lutte. Probablement à cause des tentatives prématurées de gardes civils de désarmer les ouvriers de la CNT. Le lendemain matin, cependant, les gens commencèrent à quitter les barricades de leur propre mouvement. À peu près jusqu'à la nuit du 5 mai, la CNT avait eu le dessus et un grand nombre de gardes civils s'étaient

rendus. Mais il n'y avait ni direction générale accep-
tée, ni plan bien déterminé – à la vérité, autant qu'on
pouvait juger, pas de plan du tout, seulement une
vague résolution de résistance aux gardes civils. Les
leaders officiels de la CNT se joignirent à ceux de
l'UGT pour demander instamment à tout le monde
de reprendre le travail ; une chose primait tout : les
vivres allaient manquer. Dans de telles conditions,
personne n'était suffisamment sûr de l'issue pour
continuer la lutte. Dans l'après-midi du 7 mai la
situation était presque normale.

George Orwell, *Catalogne libre (1936-1937)*,
Gallimard, collection Idées, pp. 139-142 et 282-283.

Depuis mars 1937, en Catalogne surtout, des membres
et des organisations de base du POUM avaient exprimé leur
mécontentement concernant l'absence de discussion
interne dans le parti. On critiquait en particulier la pré-
sence du parti dans le gouvernement de la Généralité, l'opposition des cadres militaires à la constitution de cellules
parmi les miliciens. Certains accusaient même les comités
révolutionnaires (surgis en juillet 1936) d'être devenus des
organes bureaucratiques et appelaient à la formation d'un
« Front ouvrier révolutionnaire » fondé sur le pouvoir de
conseils ouvriers. Cette position, minoritaire, était défen-
due par une importante cellule du POUM à Barcelone, la
« Cellule 72 », dont le porte-parole était Josep Rebull [*],
membre de la direction du parti. Pendant les Journées de

---

[*] Voir Augustin Guillamón, « Un théoricien révolutionnaire : Josep Rebull - La
critique interne du comité exécutif du POUM pendant la révolution espagnole
(1936-1939) », *Cahiers Leon Trotski*, septembre 2000. Josep Rebull (1906-1999),
restera membre de la direction du POUM jusqu'à sa démission du parti, en 1953.
En exil, il se rapproche de Gaston Davoust (Chazé), animateur du petit groupe
« Union communiste ». Pendant la Deuxième Guerre mondiale, Rebull séjourne
clandestinement deux ans à Marseille, où il deviendra un ami de Jean Malaquais.
Lire les textes de l'Union communiste, dans la *Chronique de la Révolution espagnole (1933-1939)*, Spartacus, août-septembre 1979.

mai 1937, ce furent ces militants qui facilitèrent au groupe dissident de la CNT, « Les Amis de Durruti », l'accès à l'imprimerie du POUM. Face à l'escalade des critiques, la direction du POUM annonça l'organisation du IIe congrès pour le 8 mai, à Barcelone.

Paco fit la connaissance de Rebull plus tard, déjà à Paris, et partageait, pour l'essentiel, ses critiques envers la direction du POUM.

Lors des Journées de mai, Paco se trouvait évidemment à Madrid, où les événements étaient suivis attentivement par les militants du POUM. Ils suivaient aussi de près la réaction de la CNT car, à Madrid, l'évolution de la situation dépendait pour beaucoup de la position des anarchistes, qui constituaient la force révolutionnaire majoritaire.

Or, au sein de la CNT de Madrid, des désaccords importants existaient. La direction « militaire » de la CNT, dont la figure centrale était Cipriano Mera, ancien leader de la grève des ouvriers du bâtiment, était plutôt conciliante envers le front uni antifasciste et ne bougea pas lors des Journées de mai 1937 à Barcelone. Il arriva même que des membres de la direction de la CNT rejoignissent la position des staliniens.

Le même esprit d'obéissance au gouvernement se reflète dans la résolution du Front populaire de Madrid, signée en même temps par les délégués du Parti communiste et des Jeunesses socialistes, mais aussi par Manuel Ramos pour la fédération locale des groupes anarchistes et par José Sánchez pour les Jeunesses libertaires. (…) Enfin, *Frente libertario* du 6 mai (organe des milices de la CNT sur le front de Madrid) paraissait avec l'énorme manchette suivante : « En Espagne, il n'y a qu'une seule autorité : le gouvernement élu par le peuple. Ceux qui se rebellent contre lui et n'exécutent pas ses ordres, agissant à leur propre

> bénéfice, sont des complices de Hitler, de Mussolini
> et de Franco ; il faut les traiter sans pitié » (…) Pen-
> dant les premiers jours qui suivirent les événements
> *[de mai 1937]*, nombre d'ouvriers de la CNT se virent
> arracher et déchirer leur carte syndicale dans la rue.
>
> Nicolas Lazarevitch, *in Révolution Prolétarienne*,
> juin 1937, n° 248, repris dans *À travers les révolutions
> espagnoles*, Belfond, Paris, 1972, pp. 161-163.

Toujours à Madrid, la rédaction du journal *CNT* était,
au contraire, plus critique du Front antifasciste dominé par
les staliniens. Le journal paraissait souvent avec de larges
blancs dans ses pages, après avoir été soumis à la censure
républicaine du gouvernement de Madrid, dominé par les
communistes.

Bien des années plus tard, l'ancien dirigeant des Jeunesses du POUM, Wilebaldo Solano*, publia sa version
des Journées de mai 1937 et de la position du POUM.

> Face à la gravité de la situation, franchissant les
> barricades amies et ennemies, une délégation du
> comité exécutif des Jeunesses communistes ibériques
> (Ariño et moi-même) se rendit au centre de Barcelone,
> au local de la Plaza del Teatro, où se réunissait la direc-
> tion du POUM. Grâce à ce contact, nous avons pu
> avoir une information plus complète de la situation
> réelle, qui n'était pas exactement celle que nous ima-
> ginions (…). Nin était extrêmement préoccupé et ne
> voyait pas comment sortir de la situation. Andrade et

---

* Wilebaldo Solano (1916-2010), militant du Bloc ouvrier et paysan, fut un proche de
Maurín. Il rejoignit le POUM dès sa création. Dirigeant des Jeunesses du POUM, la
Jeunesse communiste ibérique, il fut arrêté après les Journées de mai 37, s'évada juste
avant la défaite et trouva refuge en France. Il publia en 1999 *El POUM en la histo-
ria : Andreu Nin y la revolución española*, Madrid, Los Libros de la Catarata, publié en
France sous le titre: *Le POUM : révolution dans la Guerre d'Espagne*, Syllepse, 2002.

Bonet rapportaient que des contacts avaient été pris avec les « Amis de Durruti », mais que ceux-ci n'étaient pas très représentatifs et n'offraient aucune garantie de responsabilité. Le mouvement se trouvait entre les mains des comités de défense de la CNT des différents quartiers et districts. En fin de compte, ces derniers allaient s'incliner devant les directives du comité national de la CNT lorsque García Oliver et Federica Montseny lancèrent leur appel à la conciliation et au repli depuis la radio de la Généralité. (…)

Il est évident qu'un véritable pouvoir révolutionnaire en Catalogne aurait pu faire face à une telle campagne en offrant d'autres perspectives et d'autres espoirs. Mais les dirigeants de la CNT-FAI cherchaient un compromis avantageux après « avoir montré les dents » aux staliniens, comme disait l'un des leaders anarchistes catalans. Le POUM ne pouvait pas présenter une alternative politique efficace avec ses seules forces. Dans ces conditions, la JCI qui avait réuni avec la CNT des moyens suffisants pour intervenir dans une action efficace, avait décidé de suivre les instructions que Nin avait communiquées par téléphone et avait organisé le repli, lequel avait déjà été effectué par le comité de défense de la CNT de García.

> Wilebaldo Solano, *Le POUM :*
> *révolution dans la Guerre d'Espagne,*
> Syllepse, 2002, pp. 91-92.

Cette analyse déplaisait à Paco, qui déclara un jour :
– Solano ne critique jamais le parti, comme si le POUM avait toujours fait ce qu'il fallait ! Il a un discours officiel. Avec, en plus, un curieux étonnement face à l'attitude de la CNT, comme si l'on attendait quelque chose de la direction de la CNT ! Et il est surpris que, à la fin, les militants de la CNT aient suivi leurs dirigeants…

Andrés Nin,
assassiné par les staliniens en 1937.

JUIN 1937, LE GUÉPÉOU S'INVITE À L'HÔTEL FALCÓN

COMPTE TENU des graves événements survenus lors des Journées de mai, le IIe congrès du POUM ne put se tenir que le 18 juin 1937 à Barcelone. Une dizaine de délégués de Madrid firent le déplacement ; Paco et cinq autres camarades étaient délégués des Jeunesses du POUM de Madrid. Tous descendirent à l'hôtel Falcón, situé plaza del Teatro sur les Ramblas. Réquisitionné par le POUM, l'hôtel abritait le comité exécutif du parti, ainsi que sa section locale. C'était aussi le lieu de rencontre des militants poumistes et d'une petite foule de révolutionnaires étrangers qui s'activaient alors à Barcelone*. Pendant les Journées de mai, l'hôtel Falcón était défendu par des miliciens du POUM, parmi lesquels Orwell, qui en parle longuement dans son livre *Catalogne libre*. Quand Paco et ses camarades arrivèrent, le lieu était vulnérable aux provocations de la police et du Guépéou** car, trois jours après la fin des événements de mai, Orwell et les autres miliciens étaient remontés au front.

La direction du POUM se comporta comme si rien ne s'était passé, comme si l'insurrection de mai 1937 n'avait pas

---

* Voir annexe sur l'hôtel Falcón, page 115.

** En 1934, les fonctions du Guépéou avaient été transmises au NKVD. Pendant quelques années, les révolutionnaires espagnols (et pas seulement eux) continuèrent néanmoins à utiliser le mot Guépéou pour désigner la police sécrète soviétique.

eu lieu, probablement aussi, parce qu'elle voulait faire preuve de fidélité à l'accord du Front populaire. Pourtant, une atmosphère de chasse aux sorcières régnait déjà dans la ville, comme en témoigne George Orwell : « Je n'avais nulle part où aller et ne connaissais aucune maison où chercher refuge. Le POUM n'avait pratiquement pas d'organisation clandestine. Ses leaders s'étaient sûrement toujours rendu compte que le parti serait très probablement interdit ; mais jamais ils ne s'étaient attendus à une chasse à la sorcière de cette sorte et aussi étendue. Ils s'y étaient, en vérité, si peu attendus que jusqu'au jour même de l'interdiction du POUM ils avaient poursuivi les travaux d'aménagement des locaux du POUM (entre autres choses, ils faisaient construire un cinéma dans l'immeuble du comité exécutif, qui avait été auparavant une banque). Aussi le POUM était-il dépourvu des lieux de rendez-vous et des cachettes que tout parti révolutionnaire devrait, cela va de soi, posséder. * »

Chez les militants de base du POUM, au contraire, l'inquiétude était forte. Nombreux étaient ceux qui pensaient que ces événements marquaient un tournant dans l'évolution de la situation et scellaient la fin de la vague révolutionnaire. Ils craignaient que, après les Journées de mai, la répression de l'État républicain sur les révolutionnaires s'accentuât. D'autant que les staliniens étaient particulièrement implantés dans les organes de police.

Víctor Alba, dans son *Histoire du POUM*, est plus sévère encore : « Au comité central et dans le parti, tous savent que la persécution va se déchaîner. (…) Mais, au fond d'eux-mêmes, les poumistes croient que la persécution restera plus verbale que physique, et, au bout de quelques semaines, les précautions et les mesures d'illégalité se relâchent. ** »

---

*George Orwell, *op. cit.*, pp. 223-224.

** Víctor Alba, *op. cit.*, p. 306.

Or, une sanglante répression ciblée était déjà engagée. De nombreux militants révolutionnaires de la CNT et du POUM avaient été arrêtés après les barricades de mai 1937 et croupissaient en prison. Le 6 mai 1937, les anarchistes Camillo Berneri et Francisco Barbieri avaient été assassinés à Barcelone, probablement par des agents du Guépéou *. Le Servicio de Información Militar (SIM), police politique où officiaient des cadres du Guépéou et du PCE, se fit de plus en plus présent et pressant.

En effet, la suite ne se fit pas attendre !

Le 16 juin 1937, Nin fut arrêté et disparut à jamais. Le même jour, au petit matin, plusieurs membres du comité exécutif du POUM furent arrêtés à l'hôtel Falcón – Juan Andrade Rodríguez, José Escuder Cobes, Pedro Bonet, Julián Gómez Gorkin, Daniel Rebull Cabré, A. David Rey – mais aussi les délégués de la Jeunesse du POUM de Madrid, Francisco Gómez Palomo (Paco), José Rodríguez Arroyo, Dositeo Iglesias Docampo, Francisco Clavel Ruiz et Víctor Berdejo Gimenez.

D'autres locaux du POUM furent également investis et, à la fin de la journée, le nombre des arrestations se monta à plus de deux cents. Aux policiers républicains s'étaient joints des civils du Parti communiste espagnol que les membres du POUM identifièrent immédiatement comme des agents du Guépéou. Ils furent, sans tarder, transportés en voiture à Madrid afin d'être inculpés. Les staliniens préparaient un procès à leur manière, dans le but de prouver la collusion du POUM avec des agents franquistes de la Phalange – la fameuse « cinquième colonne » invoquée par la propagande stalinienne. Ce transfert hâtif s'expliquait par le fait que le pouvoir des communistes était plus fort à Madrid, le parti y étant mieux implanté dans l'appareil d'État.

---

*On peut lire quelques textes de Berneri sur la Révolution espagnole dans ses *Œuvres choisies*, éditions du Monde libertaire, Paris 1988.

Andrés Nin, le secrétaire politique *[du POUM]*, fut arrêté à Barcelone par un groupe de policiers qui le transférèrent à Madrid et ensuite à la prison d'Alcalá de Henares. Bien qu'il fût gardé par des membres de la Brigade spéciale de la Direction générale de la sécurité, il fut séquestré le 21 et assassiné, à une date toujours inconnue, par des agents des services secrets soviétiques en Espagne, dirigés par le général Aleksander Orlov, chef du NKVD. Son cadavre ne fut jamais retrouvé. Les graffitis dont ses partisans couvraient les murs, « Où est Nin ? », obtenaient comme réponses : « À Burgos ou à Berlin ».

Le scandale obligea le gouvernement de Negrín à jouer les équilibristes. D'un côté, Julián Zugazagoita, ministre de l'Intérieur, accusa les « techniciens » soviétiques de la séquestration et du crime et le colonel communiste Antonio Ortega, directeur général de la sécurité, fut démis de ses fonctions, accusé de connivence avec les agents soviétiques, bien que les ministres du PCE aient défendu leur coreligionnaire « avec une passion extraordinaire ». Mais Negrín ne fournit jamais d'explication convaincante des événements aux demandes que lui adressa Manuel Azaña, et les investigations s'interrompirent avec le remplacement *[d'Ortega]* par le socialiste Gabriel Morón le 14 juillet. Prieto déclara que c'était Negrín qui n'avait pas voulu que les enquêtes aillent plus loin, peut-être parce qu'elles auraient causé une grave crise au sein du gouvernement, à peine plus d'un mois après sa formation, et parce que, comme le signale Gabriel Jackson, « il ne pouvait pas menacer l'envoi des armes soviétiques » pour une affaire de politique intérieure qui, au fond, lui semblait un fait mineur.

Ce n'en était pas un cas isolé, outre Nin, d'autres trotskistes étrangers comme les journalistes Kurt Landau et Mark Rein, et José Robles Pasos, ami du romancier John Dos Passos, furent aussi séquestrés et disparurent. Le cas Nin provoqua des tensions entre Negrín et les ministres Zugazagoita et Irujo, qui furent ceux qui exercèrent les plus fortes pressions pour éclaircir l'affaire, et approfondit encore la méfiance entre les communistes et le reste des organisations politiques qui luttaient dans le camp républicain, surtout la gauche socialiste et le mouvement libertaire. La violence politique dans l'arrière-garde catalane et aragonaise, qui se solda par divers assassinats d'anarchistes, de communistes et de militants du POUM, plus les centaines de morts, victimes des luttes dans les rues de Barcelone en mai 1937, était la meilleure preuve de ce que la République connaissait un grave problème dû à sa désunion interne, véritable obstacle pour gagner la guerre.

Julián Casanova, *República y guerra civil* (*Historia de España*, vol. 8), Barcelone, Crítica / Marcial Pons, 2007, pp. 330-331.

Deux mois plus tard, en août 1937, ce fut le tour de Winter Moulin, militant trotskiste en rapport avec « les Amis de Durruti », et d'Erwin Wolf, ancien secrétaire de Trotski et membre du groupe bolchevique-léniniste, d'être assassinés à Barcelone. Le 16 juin 1937, le gouvernement Negrín, dominé par les staliniens, fit arrêter la direction du POUM et le parti fut déclaré illégal.

L'hôtel Falcón, plaza del Teatro, réquisitionné par le POUM pour y loger des volontaires étrangers et abriter le comité militaire du parti.

LE COUVENT DU GUÉPÉOU

Arrivés à Madrid, Paco et les autres délégués de la Jeunesse du POUM furent enfermés dans une prison non officielle, contrôlée par les staliniens, un ancien couvent réquisitionné. Ils y furent interrogés et on retrouvera après la guerre une trace écrite de leurs déclarations. Voici celle concernant Francisco Gómez Palomo.

> À Madrid ce 15 juillet 1937 à midi, a comparu l'individu qui dit être et s'appeler comme il est dit en marge, fils de Francisco et de Vicenta, natif de Madrid, âgé de 19 ans, célibataire, employé d'assurances de profession et domicilié au 24 de la calle La Encomienda, qui, à nos questions, a répondu qu'il appartient au POUM depuis sa fondation au mois de mars de l'an 1935 et, depuis le mois d'octobre de cette année, appartient à l'UGT dans le syndicat de sa profession ; qu'il était secrétaire administratif du POUM, s'étant déplacé à Barcelone au motif du prochain congrès qui devait s'y tenir ; que son arrivée à l'ancienne capitale eut lieu sur la plaza del Teatro (hôtel Falcón) ; qu'il ne peut pas juger le mouvement de mai survenu à Barcelone faute d'informations et parce que c'était précisément les points à traiter lors du congrès ; qu'antérieurement il a appartenu à la Jeunesse communiste, l'ayant quittée pour désaccords

> politiques avec la ligne définie à suivre au 7e Congrès,
> et étant entré alors au POUM ; qu'il ne croit pas que
> la ligne politique suivie par le POUM soit *trotskiste*,
> ni qu'elle l'a été ; qu'il n'a rien d'autre à dire et que ce
> qui précède est la vérité en ce qu'il affirme et rectifie,
> et a signé sa déclaration après lecture pour preuve de
> sa conformité à Madrid à la date indiquée *ut supra*.
>
> *El Proceso del POUM, documentos judiciales y policiales*,
> Collección Filae, Edittorial Lerna, Barcelone, 1989.

Le temps passant, la disparition d'Andrés Nin commença à éveiller les protestations de la gauche européenne, et les pressions auprès du gouvernement de Negrín, installé alors à Valence, se firent plus insistantes. Trois commissions internationales pour la défense du POUM furent reçues par le gouvernement républicain, provoquant la colère des communistes. À Madrid, des dirigeants de la CNT commencèrent également à manifester leur inquiétude et leur mécontentement. « C'est grâce à l'action d'un comité spécial et secret de la CNT, établi vers le milieu de l'année 1937 pour retrouver les disparus et tenter de les soustraire aux communistes, que beaucoup échappèrent aux prisons de ces derniers. * »

---

* Víctor Alba, *op. cit.*, p. 342.

LA REPRISE EN MAIN DU PROCÈS
PAR LE GOUVERNEMENT RÉPUBLICAIN

FINALEMENT, à la demande insistante du ministre (socialiste) de l'Intérieur du gouvernement central de la République, on décida de transférer à la prison Modelo de Valence les cinq membres du POUM de Madrid, parmi lesquels Paco. À Valence, le gouvernement et l'appareil de l'État républicain étaient plus forts, et le PCE avait moins de marge pour agir à sa guise à l'intérieur des forces répressives. Cette fois-ci, le transfert (de Madrid à Valence) eut lieu dans un fourgon cellulaire de la police de Madrid.

Ce fut l'occasion d'un épisode cocasse que Paco racontait avec plaisir. Avant le départ, les flics voulurent adjoindre un autre prisonnier aux détenus du POUM. Il s'agissait d'un chef de la Phalange de Madrid qui devait être plus tard échangé contre des prisonniers républicains détenus par les franquistes. Le groupe du POUM refusa net de faire le voyage avec ce fasciste ; certains allèrent jusqu'à le menacer physiquement. Finalement, le franquiste fit le voyage, assis à côté du policier républicain qui conduisait le fourgon cellulaire…

À Valence, les accusations contre les membres du POUM devaient nécessairement se faire plus précises afin de préserver un semblant d'État de droit. Voici ce qu'on peut lire, dans un document du 23 août 1937, signé du juge José Taroncher Moya, du tribunal d'espionnage de Valence :

« *[Attendu]* que ceux jusqu'à présent détenus *[suivent les noms des détenus, dont Francisco Palomo Gómez]*, appartenant tous au POUM ; (…) se trouvant en accord avec les individus étrangers affectés à la Gestapo allemande (…), à la fin du mois de mai dernier ils ont commis des actes à Barcelone, dans le but de perturber l'action du gouvernement, des actes hostiles à celle-ci de caractère secret et réservé, tel qu'un soulèvement de type militaire, faisant venir à la dite capitale les milices formées par le POUM sous l'appellation de Bataillon Lénine, en abandonnant le front de Huesca avec leurs armes, y compris l'artillerie, pour soustraire des forces à la défense de la République et apporter une aide à l'action rebelle, ainsi que pour obtenir le démantèlement de l'arrière-garde ; actes qui, outre qu'ils ont été approuvés par le comité du parti, ont été encouragés par la revue *La Batalla*, organe de ce parti, et ont causé des victimes et des dommages matériels de grande importance ; recelant en outre dans les locaux du POUM une série de photographies d'aérodromes, sans en avoir l'autorisation, ni entretenir une quelconque relation avec des éléments militaires, et des documents qui démontrent que le parti en question se livrait à un trafic illicite d'armes pour son propre bénéfice, avec pour objectif le soulèvement mentionné ; de même qu'ils s'employèrent à exporter de l'argent et des effets de valeur en France, disposant aussi de clefs circulaires de remplacement et d'un code télégraphique, qui prouvent qu'ils étaient utilisés par ce parti à des fins d'occultation, pour la transmission de nouvelles et de consignes ; et qu'ils entretenaient des relations secrètes avec des éléments étrangers et avaient des entrevues en dehors d'Espagne, à des fins suspectes.

» Considérant, que les faits rapportés, sous réserve de pourvoi, et sans préjudice de qualifications ultérieures, revêtent le caractère des délits d'espionnage et de haute trahison… »

À LA PRISON MODELO DE VALENCE

PACO ainsi que les autres membres du POUM furent emprisonnés dans une des trois ailes qui composaient la prison Modelo de Valence. La première aile renfermait les « droit commun », la deuxième, les fascistes… et la troisième, des révolutionnaires. Car il y avait là d'autres militants du POUM, des anarchistes de la CNT et des individus sans affiliation particulière, certains arrêtés après les Journées de mai 1937. Le personnel de la prison était majoritairement fidèle à la République ; la plupart des fonctionnaires étaient proches des socialistes ; il y avait même quelques matons sympathisants de la CNT. En revanche, l'influence des staliniens y était faible.

Dans l'aile des politiques, il y avait beaucoup de militants de la CNT, surtout des militants des collectivités agricoles, lesquels avaient été arrêtés à la suite d'une campagne de défense des petits propriétaires privés, lancée par le ministre (communiste) de l'Agriculture du gouvernement de Valence. Les anarchistes étaient évidemment accusés d'avoir été trop loin dans la collectivisation des terres… Un demi-siècle plus tard, le film de Ken Loach *Land and Freedom* posera de nouveau, cette fois au grand public, la question de « la révolution dans la guerre ». Paco, fin cinéphile, apprécia le film. Il trouva particulièrement fidèle à la réalité de l'époque la séquence où une assemblée de villageois aragonais débat de la collectivisation des terres.

Dans la prison Modelo de Valence, il y avait aussi des membres des Brigades internationales. La plupart avaient été arrêtés par la police militaire en état d'ébriété, suite à des bagarres ou des actes de désobéissance. Certains étaient alcooliques et continuaient à boire en prison. Les Allemands étaient plutôt sobres et austères ; il s'agissait le plus souvent de militants communistes obéissant à la ligne du Parti.

« La plupart ne comprenaient rien à notre affaire et à nos histoires, et ils se méfièrent de nous d'emblée. C'était la ligne du Parti ! Puis, peu à peu, on s'est rapprochés les uns des autres », racontait Paco. « J'ai été frappé de voir comment on traitait les Allemands des Brigades ; on les appelait les Boches. Ces comportements en disaient long sur la façon dont avaient été recrutés certains brigadistes. À part quelques militants purs et durs, c'étaient souvent des chômeurs de banlieue, des jeunes à qui on avait proposé de partir combattre en Espagne, sans plus... C'étaient des gars qui n'avaient pas une grande conscience politique et qui avaient finalement les réactions du citoyen moyen. »

À plusieurs reprises, en parlant avec ses amis, Paco exprima le respect qu'il éprouvait pour ces militants venus se battre en Espagne. Mais il critiquait toujours la manière dont les partis communistes avaient manipulé cette générosité. Il rappelait que les brigadistes avaient souvent été utilisés comme chair à canon, au sein des troupes sacrifiées, lors d'opérations suicidaires comme la traversée de l'Ebre, ou encore la bataille de Teruel, en janvier 1938. À ce propos, Paco fut particulièrement touché par le livre de Pedro Corral, *Si me quieres escribir – Gloria y castigo de la 84ª Brigada Mixta del Excercito Popular* *, qui décrit la mutinerie de la 84e brigade républicaine, sur le front de Teruel, au début janvier 1938. Ces soldats, qui pendant un mois avaient participé aux terribles combats pour la prise de

---

* Editorial Debate, Madrid, 2004.

Teruel, refusèrent de monter de nouveau au front deux jours après que le général stalinien « El Campesino » eut abandonné la ville sans combat, sous le prétexte de protéger ses propres troupes. Arrêtés et emprisonnés, condamnés à la va-vite pour « rébellion envers le gouvernement de la République », 46 soldats et sergents furent fusillés, le 20 janvier 1938, par les *Guardias de Assalto* de la République. La brigade fut ensuite dissoute.

LIBÉRÉ À BARCELONE, RECHERCHÉ PAR L'ARMÉE...

EN JUIN 1938, peu de temps avant que la zone de Valence fût coupée de la Catalogne par les troupes franquistes, Paco et ses camarades du POUM furent transférés de la prison Modelo de Valence à Barcelone. Cette fois-ci, le transport se fit par train. Une fois arrivés à Barcelone, ils furent incarcérés dans un palais chic de la bourgeoisie catalane qui avait été transformé en prison, situé dans les collines, sur les hauts de la ville. Mais, entre-temps, leur procès avait changé de forme. Il ne s'agissait plus de les juger comme membres de la « cinquième colonne » œuvrant pour les fascistes. Dans la version officielle, désormais le POUM était seulement accusé d'avoir voulu tirer profit des Journées de mai 1937 pour renverser le gouvernement de Catalogne ! Qui plus est, la situation politique avait changé. Suite au retrait des Brigades internationales et des « conseillers soviétiques », le poids du PCE sur le gouvernement central était moindre. Et l'on commença officiellement à exprimer quelques doutes sur le procès fabriqué par la police stalinienne. De leur côté, les avocats du POUM parlèrent ouvertement de machination et affirmèrent ne pas pouvoir poursuivre la défense des inculpés devant une aussi évidente falsification de la réalité.

C'est ainsi que, le 15 juin 1938, les inculpés furent discrètement libérés par les autorités. Sans la moindre inculpation !

Toutefois, Paco et ses copains n'avaient aucune garantie et vivaient dans l'insécurité. Ils sortaient de prison alors même qu'ils étaient en âge de faire leur service militaire. Ils risquaient donc d'être envoyés au front, au moindre contrôle de rue par la police militaire. Mettant à profit leurs liens avec les camarades de la CNT, ils prirent les devants et se firent incorporer dans une unité de l'armée républicaine commandée par des officiers socialistes de la tendance Caballero, composée en partie d'anciens miliciens de la CNT ayant été « militarisés ». L'unité était déployée dans la province de Lérida, à Urgell, sur le Sègre, un affluent de l'Èbre. Le front se trouvait alors sur le fleuve.

Paco fut affecté aux services d'intendance. À la tête de cette brigade se trouvait un officier de la CNT, Miguel García Vivancos. Ancien du groupe « Los Solidarios » avec Buenaventura Durruti, Miguel Ascaso et García Oliver, Vivancos avait été un des membres de la CNT qui s'était

---

Une fois l'idée de la militarisation admise, les leaders de la CNT-FAI se vouèrent pleinement à la tâche de démontrer à tous que leurs partisans étaient les plus disciplinés, les plus courageux des membres des forces armées. La presse confédérale publia d'innombrables photographies et interviews de ses chefs militaires (en uniforme naturellement !), écrivit de fervents hommages quand ils étaient promus aux grades, si désirés, de colonel ou de major !

Au fur et à mesure que la situation militaire empirait, le ton de la presse confédérale devint plus agressif et militariste. *Solidaridad Obrera* publiait quotidiennement des listes de noms d'hommes qui avaient été condamnés par les tribunaux militaires de Barcelone et fusillés pour « activité fasciste », « défaitisme » ou « désertion ». On y lit une condamnation à mort pour avoir aidé des conscrits à passer la frontière.

Vernon Richards, *Enseignement de la Révolution espagnole*, Acratie, 1997, pp. 167-168.

Si Franco a perdu la guerre plusieurs fois, sa grande victoire était qu'il obligea les révolutionnaires à se transformer en soldats. On ne se sert pas d'une organisation sociale et d'une machine sans en accepter l'esprit. Plus l'intervention devint dangereuse, et plus les républicains s'inspirèrent du slogan : gagner la guerre d'abord, gagner la guerre surtout, faire la guerre et apprendre à la faire. Toute la tragédie est là : le moyen force la main de celui qui l'utilise, mais la révolution n'avait pas ses moyens à elle de faire la guerre. La guerre, c'est la société de classe et non pas la lutte pour l'abolition définitive des classes ; c'est la détresse au lieu de l'abondance ; c'est l'organisation de la hiérarchie, et non pas la liberté ; c'est la soumission de l'homme à la violence, et non pas sa libération ; c'est l'empire de la nécessité, et non pas la domination de l'homme.

Henri Paechter, *Espagne 1936-1937,*
La guerre dévore la révolution, Spartacus, 1986, p. 167.

aligné sur les positions des communistes exigeant la militarisation des milices. Il avait acquis une certaine renommée militaire suite à quelques actions réussies par les hommes sous son commandement*.

Paco gardera le souvenir du moment et du sentiment qui dominait. « L'ambiance était déjà morose et on sentait venir la fin. Il n'y avait plus que la guerre et il n'était plus question de révolution sociale. »

---

* Miguel García Vivancos (1895-1972), ancien ouvrier métallurgiste et militant de la CNT, fut membre du groupe «Los Solidarios». Partisan de la militarisation des milices, il devint officier supérieur de l'armée républicaine. Il semble que, lors des Journées de mai 1937, il se soit opposé à ce que sa brigade (composée d'ex-miliciens de la CNT) quitte le front pour venir soutenir les insurgés. Certains membres de la CNT le considéraient comme proche des communistes. Après son exil en France, il passe quatre ans dans le camp d'Argelès d'où il s'évade pour rejoindre un groupe de la Résistance. En 1947, Vivancos quitte la CNT, monte à Paris et commence à peindre. Vivant dans la pauvreté, il vend des mouchoirs peints à la main dans la rue. Découvert par Picasso, il réussit alors à vendre quelques toiles à des collectionneurs argentés (dont François Mitterrand…). André Breton le tenait pour un grand peintre naïf. Vivancos est mort à Cordoue en 1972.

Josep Bartoli, *La Retirada*, 1939.

LA *RETIRADA*

EN JUILLET 1938, le commandement réunit la brigade pour célébrer l'anniversaire de l'échec du soulèvement franquiste. Après quelques propos officiels, le commandant annonça qu'il allait donner la parole à un soldat et il désigna... Paco. Paco s'adressa aux soldats en les appelant *compañeros*. Il vit, tout de suite, la réaction sur leurs visages. Car le mot *compañero* n'était utilisé que par les anarchistes et les poumistes, alors que les staliniens utilisaient celui de *camaradas*. Paco se limita à dire ces quelques mots :

« La date qu'on célèbre aujourd'hui est celle de la révolte des travailleurs contre le putsch fasciste, mais c'est aussi celle d'une tentative de révolution sociale, ce deuxième but s'étant depuis éloigné de notre horizon... »

Au moment de la débâcle, Paco, avec d'autres soldats qui faisaient partie des Jeunesses libertaires, s'emparèrent d'un camion et foncèrent vers la frontière. Les jeunes anarchistes aragonais avec qui il voyageait connaissaient bien la région, où ils avaient naguère établi des réseaux de guérilla.

En février 1939, mêlé à la foule des soldats républicains en déroute, Paco passa la frontière et fut interné au camp d'Argelès. Des membres de l'ancienne Izquierda comunista qui s'étaient retrouvés dans le camp se regroupèrent rapidement afin de discuter de la situation politique. Ils organisèrent aussi l'entraide, établirent des contacts avec les réseaux de soutien extérieurs, le plus souvent liés à la mouvance trotskiste, étudièrent les possibilités d'évasion.

Parmi les militants du POUM qui se trouvaient à Argelès, il y avait le peintre galicien Andrés Colombo, avec qui Paco se lia d'amitié et resta en contact par la suite. Sur ces jours de la *Retirada*, la traversée de la frontière des Pyrénées et l'internement dans le camp d'Argelès, Colombo laissa quelques pages que Paco faisait volontiers lire à ses amis.

Au petit matin, nous revînmes sur la route et nous poursuivîmes notre marche au milieu de la foule, jusqu'à La Junquera. Les autorités françaises nous refusaient l'entrée dans leur pays. La nuit tombait et des milliers de feux de camp surgirent dans les montagnes autour de La Junquera. Le lendemain, on ressentit une grande tension ; on savait que l'ennemi avait occupé Gérone et se dirigeait vers Figueras. Les gens étaient prêts à entrer *[en France]* par tous les moyens ; il y eut des groupes, peu, qui le firent par la montagne. On rendit les armes hors d'usage ; les camions et les voitures furent précipités dans les ravins, afin qu'ils ne tombent pas aux mains des fascistes.

Quand la tension monta encore, nous apprîmes que les autorités françaises nous permettaient de franchir la frontière. Il faisait presque nuit quand la foule se remit en marche, jusqu'à ce que nous croyions être le repos. Ce qui ne fut pas le cas. Nous marchâmes toute la nuit escortés et harcelés par des gendarmes à cheval qui exigeaient brutalement que nous hâtions le pas. Le matin suivant, nous fûmes conduits sur une plage qui n'avait pas de fin, les soldats sénégalais nous encerclèrent sur une grande portion de plage avec des barbelés, et c'est par cette mesure que fut inauguré le camp de concentration d'Argelès-sur-Mer. (...) Je ne me souviens pas si deux ou trois jours passèrent sans

Josep Bartoli, *La République française*, Cahiers des camps, Barcarès, 1939.

qu'on nous procure la moindre nourriture. Ainsi, tous les miracles doivent être grands – les petits ne servent à rien. À Argelès, nous étions des dizaines de milliers et, pour nous, se produisit un miracle.

Un matin apparut devant nos yeux, traversant le camp d'une porte à l'autre, un convoi de plus d'une centaine de camions pleins de pain et, sur chacun des camions, plusieurs gendarmes, qui se mirent à lancer à la volée le précieux pain et, dans cette situation, cette nourriture était vraiment miraculeuse.

(…) Les premiers jours, nous dormions sur la plage enneigée. La direction du camp apporta des matériaux, et nous construisîmes nous-mêmes les baraques où nous installer. Des fontaines furent aussi ouvertes sur la plage et l'eau, saumâtre, provoquait de terribles coliques.

(…) À Argelès, il y avait beaucoup de militants du POUM, principalement catalans, et nous occupions

Camp de concentration pour réfugiés espagnols de Bram, dans l'Aude, en 1939 (photo Augustí Centelles).

plusieurs baraques. Nous qui n'étions pas catalans provenions de l'ancienne Gauche communiste et formions un petit groupe à part. Nous commençâmes à évaluer l'action politique du POUM pendant la guerre civile et cela nous amena, fait nouveau, sur des positions proches des trotskistes. Les Français de cette tendance nous rendaient visite assez fréquemment, en apportant leurs publications ainsi que de la nourriture et du vin. Nous discutions et mangions à travers les barbelés. Ils nous apportèrent aussi des vêtements, pour préparer notre fuite, et de l'argent, avec comme objectifs Perpignan, Marseille et Paris.

Andrés Colombo, *Batiburrillo de recuerdos,*
Documentos para a historia contemporanea de Galicia,
Ediciós do Castro, A Coruña, 1983, pp. 30-33.

Dessin d'Andrés Colombo, revue *Nosotros*, 1931.

À PARIS

EN AVRIL 1939, le groupe trotskiste de Raymond Molinier* envoya de Paris un militant dont la mission était d'aider Paco et d'autres à s'évader du camp d'Argelès. Cela semblait plutôt facile. Il y avait, sur la plage, un endroit qui faisait office de parloir ; il suffisait de creuser dans le sable pour passer de l'autre côté du grillage. C'est ainsi que Paco et d'autres furent ramenés en voiture à Paris, où ils furent pris en charge par des copains trotskistes. Par l'intermédiaire de son ami Agustín Rodríguez Arroyo, un ancien du POUM, Paco trouva du travail comme mécanicien dans un atelier de la banlieue parisienne.

Ce fut aussi à Paris que Paco reprit contact avec Jaime Fernández Rodríguez, l'ancien de l'Izquierda communista et du POUM de Madrid. Paco et Jaime nouèrent une solide amitié, amitié qui dura jusqu'à la mort de Jaime à Barcelone, en juillet 1998.

Jaime avait vécu le début de la révolution de façon plutôt rocambolesque. Au moment du soulèvement franquiste,

---

*Les trotskistes français Raymond Molinier et Pierre Franck avaient été exclus de la IVe Internationale en 1935 à la suite de divergences de vue avec Trotski : ils s'étaient obstinés contre son avis à vouloir poursuivre l'entrisme dans le parti socialiste français, la SFIO, et prônaient depuis une tactique de front populaire, à l'instar des dirigeants poumistes vilipendiés, on l'a vu p. 26, par Léon-la-Barbiche. Franck et Molinier avaient alors créé leur propre mini-parti, le Parti communiste internationaliste, ancêtre de la Ligue communiste révolutionnaire, laquelle s'est muée en Nouveau Parti anticapitaliste en 2009.

déjà militant du POUM à Madrid, il faisait son service militaire à l'Alcázar de Toledo, où se trouvait l'Académie militaire. Les officiers et le commandement, évidemment compromis dans le putsch, refusèrent de se rendre aux forces de la République, se barricadèrent dans le fort et résistèrent. La ville était aux mains des ouvriers et des mineurs des Asturies, lesquels, venus à la rescousse, proposèrent de régler rapidement l'affaire avec quelques bâtons de dynamite, contre l'avis des autorités républicaines, qui cherchaient toujours l'apaisement. Un mois plus tard, Jaime et cinq autres soldats acquis aux idéaux révolutionnaires réussirent à s'évader par une fenêtre du fort encerclé et rejoignirent les miliciens qui faisaient le siège. Le fort ne fut jamais pris et devint, après la fin de la guerre, un des symboles de la victoire franquiste.

À la fois membre du POUM et du Grupo bolchevique-leninista, Jaime avait participé activement aux Journées de mai 1937. En février 1938, avec les autres membres du groupe, il fut arrêté par les services secrets républicains (SIM) et les staliniens à Barcelone. Présentés devant un tribunal militaire, ils furent accusés de sabotage et espionnage au service des franquistes, ainsi que de la liquidation d'un capitaine soviétique, Narvitch, qui avait tenté d'infiltrer le POUM. Le procureur demanda la peine de mort pour Jaime, Munis et leur copain Carlini. Emprisonnés à la prison de Montjuich, ils réussirent, après huit mois de détention, à s'évader juste avant la débâcle et franchirent la frontière avec le gros des réfugiés.

Après leurs retrouvailles à Paris, Jaime et Paco devinrent inséparables, malgré leurs divergences. Tous deux s'entêtèrent dans l'idée de réunifier les deux groupes trotskistes venus d'Espagne, ceux qui restaient liés au POUM, et ceux qui se plaçaient en dehors. Chacun de ces groupes était soutenu par une des deux tendances trotskistes françaises, celle de Molinier et celle de Naville. Inutile de préciser que les efforts des deux amis furent parfaitement vains…

LES CAMPS DE NOUVEAU

PACO ET JAIME furent arrêtés en juillet 1939, dans la rue par la police française sous le prétexte qu'ils ne portaient pas sur eux le masque à gaz obligatoire ! On leur demanda leurs papiers. Bien évidemment ils n'en avaient pas… Et c'était justement parce qu'ils n'avaient pas de papiers qu'ils n'avaient pu recevoir des masques à la mairie ! On les amena au commissariat. Le commissaire était un fonctionnaire sympathisant de l'Espagne républicaine, qui se montra gêné.

– Comment ! Vous n'avez pas de papiers… Même pas des faux ! s'exclama-t-il.

Paco et Jaime lui répondirent qu'ils n'étaient pas fous, qu'ils s'étaient débarrassés de tout ce qui était papiers et cartes syndicales, lors de la traversée des Pyrénées par les chemins de montagne, avant d'entrer en France. Dommage… On les transféra alors au dépôt de l'Hôtel de Ville où il y avait foule, suite aux rafles d'étrangers que menait la police française : des Turcs, des Yougoslaves, des Polonais…

Suivirent trois jours d'interrogatoires. Avant leur arrestation, Jaime et Paco s'étaient préparés à cette éventualité. Ils s'étaient mis d'accord pour refuser l'incontournable proposition d'engagement dans la Légion étrangère. « Tout sauf ça ! », s'étaient-ils répété.

Cela ne manqua pas.

– Ce n'est pas grave, précisèrent les flics qui se voulaient rassurants. C'est juste pour le temps de la guerre !

Les flics savaient que, chez les Espagnols, la famille est sacrée, et Jaime et Paco pensaient avoir trouvé la parade :

– On ne peut pas accepter sans demander d'abord à notre famille !

Paco parvint à obtenir un sauf-conduit pour revenir à Perpignan. Jaime, lui, eut moins de chance : devant son refus de s'engager dans la Légion, il fut envoyé pour six mois dans un camp au bord de la Loire. À Perpignan, Paco retrouva d'autres anciens du POUM qui s'étaient regroupés pour faire les vendanges. Mais à peine étaient-ils rentrés de celles-ci qu'ils furent arrêtés par la police et envoyés de nouveau dans un camp.

« On nous a laissés libres tant qu'on pouvait se faire exploiter par les vignerons ! » en rira plus tard Paco.

De ces tribulations, son ami Andrés Colombo a laissé un témoignage :

C'était la saison des vendanges et comme les Français étaient mobilisés, dans la rue, la gendarmerie fermait les yeux et nous laissait circuler. De Perpignan, je pris un autobus jusqu'à la zone où l'on vendangeait. J'eus de la chance : dans le premier village où je me rendis, il y avait plusieurs groupes d'Espagnols ; et, dans un de ces groupes, tout le monde était du POUM.

(…) À partir des camps de concentration, les autorités françaises organisaient lesdites compagnies de « travailleurs espagnols » destinés aux travaux proches de la frontière. Quand le moment fut venu, ils nous habillèrent avec des uniformes de soldats français et nous embarquèrent dans un train à l'extérieur duquel était inscrit « 8 CHEVAUX ET 40 HOMMES ». Or le nombre d'hommes était dépassé de loin dans tous les wagons. Notre destination était les bois du département des Ardennes, avec pour mission de creuser des tranchées antichars. Il nous fallut trois jours pour arriver.

Andrés Colombo, *op. cit.*, p. 36.

Ce fut vers octobre 1939 que Suzanne Jubault, la compagne de Paco, vint le retrouver à Perpignan. La guerre avait commencé. Avec l'aide d'une amie, liée au PSOP de Pivert *, elle trouva du travail comme institutrice dans l'académie de la région. Elle se présenta au camp et réussit à faire sortir Paco sous le prétexte qu'ils allaient se marier.

« J'ai découvert qu'en France aussi la famille, c'est sacré », ironisait Paco.

Carte de voyage délivrée par l'État mexicain à Paco en 1941.

---

* Marceau Pivert (1895-1958) fonde en 1935 la tendance « Gauche révolutionnaire » (GR) au sein de la SFIO. Pendant la Guerre d'Espagne, cette tendance, qui regroupait une partie importante de la base militante de la SFIO, défend l'interventionnisme en Espagne et certains de ses militants passent des armes en Espagne. En 1938, la GR se constitue en Parti socialiste ouvrier et paysan (PSOP). Le PSOP considère le POUM comme « un parti frère ». Lors de la *Retirada*, des groupes du PSOP récupèrent à la frontière des dirigeants du POUM, dont Gorkin. Ensuite les militants du PSOP sont fort actifs dans les réseaux d'aide aux militants révolutionnaires espagnols en exil, du POUM en particulier. Selon Jean Rabaut (extrait de son livre numérisé http://bataillesocialiste.wordpress.com/2010/01/02/marceau-pivert-charge-de mission-juin-1936-fevrier1937/), des militants de la GR ont rejoint les milices du POUM.

GUERRE ET APRÈS-GUERRE À PARIS, DANS LA MOUVANCE CRITIQUE DU TROTSKISME

PACO ET SUZANNE revinrent à Paris pendant l'Occupation. Suzanne reprit un poste d'institutrice et Paco travailla comme métallurgiste chez Perez, rue Nationale, à Paris, de 1941 à 1943, puis chez Chapchoul, dans le 20ᵉ arrondissement.

En août 1940, l'État mexicain fut autorisé par le gouvernement français installé à Vichy, à émettre des visas (*tarjeta de identidad y viaje*) permettant aux Espagnols républicains d'envisager l'émigration au Mexique. Paco en fera la demande et obtiendra, le 26 juin 1941, une de ces *tarjetas* pour lui ainsi que pour sa femme, Suzanne, et son jeune fils, Pierre. Il ne l'utilisera jamais mais il la gardera toute sa vie en guise de porte-bonheur. Et qu'il amènera avec lui, en 1991, lorsqu'il traversera pour la première fois l'Atlantique pour visiter son amie, Montsé de Pablo, installée à Mexico.

Partageant l'idée, minoritaire à l'époque, que la boucherie capitaliste excluait tout alignement révolutionnaire sur l'un ou l'autre camp et qu'il fallait garder une attitude internationaliste, Paco se tint, pendant la guerre, à l'écart des mouvements de résistance, tous aux mains des gaullistes ou des non moins patriotards staliniens, de surcroît ennemis mortels de tout ce qui ressemblait de près ou de loin à une « vipère lubrique » trotskiste.

Bien plus tard, au cours de ses promenades parisiennes, il arrivait que Paco s'arrête devant une de ces plaques chevillées aux murs, nous renseignant sur l'assassinat de tel ou tel résistant par l'armée allemande. Il racontait avoir assisté, dans les jours qui précédèrent l'entrée des troupes alliées à Paris, à l'exécution d'un jeune qui avait entrepris de harceler les soldats allemands, probablement stimulé par le mot d'ordre chauvin du PCF, « À chacun son Boche ! ». Poursuivi par les militaires allemands, déjà en déroute et paniqués, le jeune avait tenté de trouver refuge dans un immeuble dont le concierge s'était empressé de lui fermer la porte au nez. Avec son humour, Paco dira qu'il aurait fallu compléter la phrase de la plaque par « tué par l'armée allemande avec la complicité d'un concierge français ». Ces incitations meurtrières irresponsables de la dernière heure, avec pour conséquence irrémédiable la mort au profit d'intérêts politiques nationalistes, lui paraissaient méprisables.

En 1946, Paco milita dans une cellule du Parti communiste internationaliste, devenu la section française de la IVe Internationale (trotskiste). Il se trouva proche de la tendance Chaulieu-Montal (Chaulieu était alors le pseudonyme de Castoriadis et Montal, celui de Lefort), en opposition avec la ligne majoritaire de l'organisation. Au IVe Congrès du PCI, en 1947, cette tendance présenta une motion intitulée « Socialisme ou Barbarie ». Ces militants finirent par quitter le parti et le groupe qu'ils formèrent publiera une revue du même nom à partir de mars 1949 *. Paco quitta aussi le PCI et, au début, suivit avec intérêt les travaux de la revue sans toutefois participer à la vie du groupe. Il conserva toujours un grand respect pour Castoriadis, en souvenir de sa capacité critique, son ironie et sa vivacité d'esprit. Dans les débats avec Ernest Mandel et Pierre Frank, Castoriadis avait toujours le dessus.

« Quand il avait parlé, dira Paco, il ne restait plus grand-chose de l'argumentation des autres. »

---

* Voir *Socialisme ou Barbarie, Anthologie*, Acratie, 2007.

Fin 1948, l'Union ouvrière internationale s'était formée à partir d'une autre scission du PCI. En faisaient partie entre autres Edgar Petsch, Sania Gontarbert, Lambert Dornier et Sophie Moen, lesquels furent rejoints par le Grupo Comunista Internacionalista constitué par Benjamin Péret, Agustín Rodríguez, Jaime Fernández et Munis. Paco se rapprocha momentanément de l'UOI, qui finit par éclater en 1951. Une partie de ses membres se retrouva alors autour de Maximilien Rubel. Entre-temps, Paco avait fait la connaissance à Paris d'Albert Vega (Alberto Maso), ancien des groupes de la Jeunesse du POUM de Barcelone, qui avait été emprisonné en Espagne après avoir activement participé aux Journées de mai 1937. Interné à Argelès, il avait réussi à quitter le camp pour venir vivre à Paris. Après la guerre, en 1945, il se rapprocha des bordiguistes pour rejoindre, en 1950, la revue *Socialisme ou Barbarie*. En 1963, une scission se produit entre Castoriadis et Vega. Ce dernier et ses amis créèrent alors le groupe *Pouvoir ouvrier*. Paco tenait Vega pour un homme d'une vive intelligence, quelqu'un qui, dès son arrivée en exil, en était très vite venu à remettre en question ses anciennes positions. À un moment, sans doute avant la naissance de *Socialisme ou Barbarie*, Paco se retrouva avec Vega dans un collectif qui lisait et discutait des ouvrages. Lorsqu'ils choisirent le livre de Trotski, *La Révolution trahie*, Vega réfuta les thèses de Trotski sur la nature socialiste du régime soviétique et argumenta qu'il s'agissait de capitalisme d'État. Paco gardait une forte impression de cette intervention dont la teneur fut ensuite partagée par d'autres, dont lui-même.

« Il faut aujourd'hui reconnaître qu'il avait raison contre nous tous », concluait Paco.

LE SALARIAT ET LES « AMIS POUR LA VIE »

Les positions de *Socialisme ou Barbarie* répondaient en partie aux questions que Paco se posait à la sortie de la guerre. Un soir, au quartier Latin, sortant d'un meeting à la Mutualité, à l'arrêt de bus, Paco tomba sur Lambert, une des figures du PCI.

« C'était un gars politiquement très vif, très à l'aise pour tout ce qui était calculs, magouilles, manœuvres. Il s'habillait comme un titi parisien, pantalon large et tout l'accoutrement. On commence à discuter et on s'affronte tout de suite sur la question de "S ou B". Il me dit : "Tu verras, ces gars-là vont tous finir avec la calotte !" Façon de dire, à droite. Comme s'il lisait dans une boule de cristal ! Chacun de nous a trouvé une excuse pour ne pas prendre le même bus… Évidemment aujourd'hui *[2007]*, je me dis qu'il n'avait pas tout à fait tort. Sauf que beaucoup de ceux qui ont fait route avec lui ont également terminé à droite ».

Au lendemain de la guerre, Paco avait trouvé du travail chez Panhard, dans les ateliers qui se trouvaient Porte d'Ivry, au sud de Paris. Il travailla ensuite chez Mors, une entreprise de la métallurgie, à Clichy. C'est chez Mors que Paco fit la connaissance de Ngo Van, qui avait aussi été membre de l'Union Ouvrière Internationale. Van avait été un protagoniste de l'insurrection de Saigon de 1945, un révolutionnaire communiste oppositionnel qui avait échappé, « entre deux feux », à la fois à la répression coloniale anglo-française et aux sicaires de Ho Chi Minh. La rencontre de deux « survivants » de la répression stalinienne scellera pour la vie une forte amitié entre les deux hommes. Voici comment Ngo Van le raconte :

> À la fin de la cinquième semaine hors des usines, je parviens à me faire embaucher chez Mors, à Clichy, comme agent technique. La fabrique fournit des relais de signalisation aux Chemins de fer et travaille aussi pour la Marine. C'est ici que je rencontrai Paco Gómez, un survivant de la guerre civile d'Espagne qui sera mon ami pour la vie. (...) Embrigadé dans l'équipe des régleurs de relais, je travaille assis. C'est moins pénible que chez Simca. Boulot fastidieux cependant, qui exige plus de dextérité que de connaissances techniques. (...) Rêveur, je parviens avec beaucoup de peine à être dans les temps, et, souventes fois, quelques collègues sympathiques m'aident à m'en sortir.
>
> (...) Un après-midi, au boulot chez Mors, tout à coup je me suis senti mal. Le toubib de l'usine s'exclame après mon passage à la radio : « Allez de suite à l'hôpital ! » À l'hôpital Cochin, on ne me laisse pas partir. Une infirmière me pousse à me décrasser dans une baignoire, puis la nuit tombe sur moi, alité pour une pleurésie tuberculeuse. Que va-t-il advenir de Dà, mon fiston arrivé de Saigon depuis quelques mois *[en 1957]* ?
>
> Suzanne et Paco prendront l'enfant chez eux.
>
> Ngo Van, Au pays d'Héloïse,
L'Insomniaque, Paris, 2005, pp. 34 et 36.

Au fil des rencontres et des brassages qui caractérisaient l'époque, Paco rencontre Pierre Blachier, ouvrier et membre du groupe Tribune ouvrière de Renault, qui le met en contact avec les militants qui venaient de former le « comité des métallos ». Voici comment, en quelques lignes, Henri Simon décrit la période : « Il y avait, fin des années 1950, de petits noyaux oppositionnels aux syndicats dans différentes boîtes, dont ceux de Renault, de Mors, des AGF, etc. Les trotskistes de la tendance Lambert, vers 1957, tentèrent (avec des arrière-pensées) de fédérer ces groupes, et c'est au cours de ces réunions, avant 1958 et le grand chambardement, que Paco a dû rencontrer Van, Blachier et moi-même parmi d'autres. Tout cela s'est décomposé, recomposé en 1958 et ceux qui refusaient l'inféodation trotskiste ou léniniste ou anarcho-syndicaliste, se sont retrouvés dans le regroupement interentreprises, première étape d'Informations correspondance ouvrières (ICO). »

Paco participa régulièrement à la vie d'ICO. Après la fin du groupe, sa relation avec Henri Simon ne s'interrompit jamais et Paco fut un fidèle lecteur de la revue *Échanges*, issue d'ICO.

Ngo Van, gouache de Philippe Mortimer.

MAI 68 OU LE RETOUR DES «GENS SUSPECTS»

En mai 1968, Paco fut, dès le début, solidaire des étudiants organisés dans le Mouvement du 22 Mars à Nanterre. Il y avait, parmi eux, des militants anarcho-communistes qui venaient aux réunions d'ICO. Paco se sentait proche de la manière dont ils posaient la question de leurs rapports avec les travailleurs.

> Nous ne venons pas dans les usines pour élever « le niveau de conscience » des ouvriers, leur « faire prendre conscience » de la trahison de l'appareil PC-CGT, ou encore pour y « faire triompher nos idées ».
>
> Une telle conception implique que nous serions détenteurs de la vérité et que nous aurions à l'apporter aux ouvriers. En réalité, les choses ne se passent pas ainsi : les ouvriers savent déjà que la CGT ne fait que « représenter » leurs intérêts économiques au sein de la société bourgeoise, qu'elle trahit la révolution, etc.
>
> L'objectif essentiel est que ce savoir implicite puisse s'exprimer, puisse être parlé par les ouvriers eux-mêmes.
>
> Il nous semble que notre fonction en tant que militants du 22 Mars soit de permettre la prise de parole des ouvriers en dehors de la machine syndicale.
>
> (…) Tant nos camarades M-L *[marxistes léninistes, maoïstes]* que ceux de la JCR *[Jeunesse communiste*

révolutionnaire, trotskistes] commettent l'erreur qui consiste à en appeler aux syndiqués de la base, les « bons », contre leur direction bureaucratique. L'expérience a prouvé que la CGT fonctionne comme un tout institutionnel et que les militants ou les délégués de la CGT restent prisonniers de la logique de l'organisation.

Tout le problème est de dégager un lieu de parole collectif (dont les objectifs explicites ne sont ni pour ni contre la CGT) qui puisse être éventuellement le lieu de contestation de l'appareil.

« À propos d'une expérience faite dans une usine par un groupe de camarades du 22 Mars », *Tribune du 22 Mars*, texte repris par Jean-Pierre Duteuil dans *Mai 68, un mouvement politique*, Acratie, 2008, p. 46.

Très vite, Paco et d'autres copains de l'usine tentèrent d'organiser une rencontre avec des étudiants.

« Je me rappellerai toujours la discussion qu'un groupe de copains de l'usine où je travaillais avait eue avec les étudiants en Mai 68. Jean-Pierre Duteuil était venu me voir pour organiser une discussion entre des gars du Mouvement du 22 Mars et des copains de l'usine. La CGT nous a interdit de le faire à l'intérieur de l'usine, alors nous sommes allés dans un bistrot qui se trouvait pas loin. »

Dans son livre *Au Pays d'Héloïse,* Ngo Van rappelle, lui aussi, l'incident.

Des camarades évoquent l'union dans la lutte entre l'université et l'usine, proposant qu'on invite les étudiants de l'UNEF et du Mouvement du 22 Mars à venir à l'usine nous informer de leur action. Sur le refus du comité de grève, ils demandent que leur proposition soit soumise à un vote de l'assemblée, ce qui est classé sans réponse. Bien qu'il y ait un certain nombre de camarades favorables à cette idée, personne n'insiste. Les délégués et les jeunes membres de la CFDT, qui sont d'accord pour une telle liaison ouvriers-étudiants, n'ont pas voulu contrarier les délégués CGT, de crainte de « rompre l'unité d'action ».

Un groupe de jeunes se rend à la mairie « communiste » de Saint-Denis pour obtenir un local hors de l'usine, où ils pourront discuter avec des étudiants. D'abord on leur refuse, sous prétexte que, chez Jeaumont-Schneider, il y a des gens suspects. Pour contenter ces jeunes, un délégué CGT intervient et une salle est accordée au 120, avenue Wilson, à quelque cent mètres de l'usine.

Ngo Van, *op. cit.*, « Impressions de mai », p. 74.

À propos de cette rencontre, Paco racontait un épisode qu'il considérait comme important :

« Un des gars de notre atelier après avoir écouté les arguments des étudiants exprima son appréhension. "Mais qu'est-ce qui va se passer si le mouvement retombe ?" Et un gars ou une fille du "22 Mars" de lui répondre : "Justement, ce qu'il faut c'est au contraire que le mouvement s'étende !" C'était bien là la question ! »

Après Mai 68, un petit groupe informel restera soudé dans l'usine. Les liens d'amitié et de solidarité noués dans ce groupe survivront aux vicissitudes des années et aux départs à la retraite ou vers d'autres entreprises.

EN ESPAGNE, DE NOUVEAUX AMIS

D ÈS QUE L'AMNISTIE fut décrétée par le régime franquiste, Paco revint une première fois en Espagne, vers
1965. Puis il y retourna régulièrement. À Madrid tout
d'abord, puis à Barcelone. Il voyagea ensuite un peu partout, reprenant contact avec certains des anciens camarades
de l'*Izquierda Comunista* et du POUM qui avaient réussi à
survivre dans la clandestinité, en se mettant en retrait de
l'activité politique pendant les années les plus dures de la
dictature. À Madrid, il retrouva sa vieille mère, avec qui il
n'avait jamais perdu le contact. Et envers qui il manifesta
une solidarité sans faille et une grande tendresse.

Il fit aussi des rencontres. Parmi ceux qui deviendront
des amis, il y eut Antonia et son mari, José, qui habitaient
dans un quartier ouvrier du sud de Madrid. Antonia était
une amie d'enfance de la sœur de Paco. José, ouvrier d'usine
dès son adolescence, avait vécu la fin de la République et la
reprise en main par les franquistes de la ville et des usines.
Métallurgiste dans les années 1960, aux ateliers de Madrid
de la compagnie des chemins de fer espagnols, la RENFE,
José fut parmi les animateurs des premières Commissions
ouvrières. En octobre 2009, à Madrid, José nous a longuement parlé des circonstances de sa rencontre avec Paco
et de leur amitié. Voici des extraits de son témoignage :

« Les premières fois où Paco est venu en Espagne, il avait
très peur, ça lui a passé peu à peu. C'était encore sous le

franquisme. Je ne le connaissais pas. L'une des qualités de Paco, c'est qu'il noue facilement amitié mais une fois que c'est fait, c'est pour la vie. J'ai beaucoup discuté avec lui, imagine, sur beaucoup de choses, nous n'étions pas d'accord… ! Et il faut voir comment il réagissait… ! Si tu le contredisais, il était… spécial. Il ressemblait à sa mère. Elle aussi avait du caractère. Et on est devenus amis, il est venu, on a fait connaissance, il a vu comment je me comportais et moi de même et… "Bon, on va voir si on s'écrit…" "D'accord." Sous le franquisme, les lettres étaient dangereuses parce que si on identifiait l'expéditeur… Mais on se débrouillait, je ne mettais pas d'expéditeur, et il me répondait.

» J'étais déjà entré à la RENFE ; j'y suis resté quarante-trois ans… Nous nous sommes mobilisés, sous le franquisme dur, et ils ont militarisé la RENFE. Tout est parti de là où je travaillais, d'un atelier de réparation des machines où nous étions environ 2 000. C'est de là que partaient tous les mouvements, toutes les grèves. C'était à Villaverde, près de Madrid. "Dis donc, il y a grève !", "C'est parti de Villaverde ?". C'était la tête de tout. On a créé un mouvement fort et la troupe est arrivée, commandée par un capitaine… Tu n'as pas idée, et moi, quand j'ai vu ça, je me suis dit : "Bonne mère, c'est la fin du monde…" Les soldats avec leurs fusils et le capitaine qui a chassé le directeur de son bureau et s'y est installé… Il allait à la cafeteria et il ne payait rien, dès qu'il arrivait, tout le monde s'écartait et lui faisait place… comme le shérif dans les films américains. Il arrivait, s'installait au comptoir, on lui servait un café avec une petite brioche et il ne demandait même pas combien il devait, ni rien… Ils ont mis en prison un délégué syndical et il y est resté une semaine. Moi, ils ne pouvaient pas me choper parce que je faisais toujours le minimum requis de travail pour ne pas attirer l'attention. La grève était pour une rémunération juste de la production. C'est alors que nous avons décidé d'en faire le moins possible…

» Tout cela, je l'ai dit à Paco, je lui ai raconté ce qui s'était passé, qu'ils avaient militarisé la RENFE… Et lui, il a envoyé l'information au Portugal, en Angleterre… toutes les nouvelles que je lui envoyais. Et il m'envoyait des revues d'Angleterre et du Portugal pour que je voie que c'était sorti là-bas. Tout ça, c'était avant la création des Commissions ouvrières.

» Quand Paco recevait ma lettre, il me répondait en me disant : "C'est des grosses nouvelles que tu m'as données !" Parce que, c'est sûr, pour lui, le fait qu'il existe en Espagne un mouvement comme celui-là, en pleine dictature, c'était très important. »

Le petit appartement d'Antonia et José devint ainsi le lieu privilégié d'échanges et de discussions lors des passages successifs de Paco à Madrid. Comme le rappelle José :

« Dès que Paco a commencé à venir en Espagne assez régulièrement, il venait chez moi, parce qu'il était à l'aise avec moi et qu'on pouvait discuter de toutes ces questions. »

Paco accompagna ainsi pas à pas l'évolution d'une Commission ouvrière dans une grande entreprise, ses avancées et ses reculs, l'intégration capitaliste, l'épreuve des manipulations communistes, sa perte d'autonomie et, pour finir, sa soumission à la bureaucratie du PCE.

« Ensuite, j'ai beaucoup discuté avec Paco de ce qui se passait dans les Commissions ouvrières. Oui, parce qu'aux Commissions, comme partout, les bureaucrates se sont installés et ont occupé des postes où ils n'ont fait que du vilain. J'ai été fondateur des Commissions ouvrières quand elles ont été légalisées, j'étais chargé de donner les cartes. On m'a nommé, je ne voulais en aucun cas être responsable de quoi que ce soit. On m'a nommé secrétaire d'organisation de l'atelier. Je travaillais, dans l'atelier, assis à une table, à la réparation de manomètres, des instruments pour mesurer le vide, ce genre de choses, et j'avais un petit tiroir où se trouvaient les fiches pour faire les cartes…

» Et tout cela, je le racontais à Paco, il m'écrivait ou il venait et nous causions… Il me disait que je devais me rapprocher de gens qui pensaient comme moi et qui étaient bien résolus comme moi afin de constituer un groupe qui pourrait agir et réduire le pouvoir de ces petits chefs.* »

Paco en 1967.

---

* Voir en annexe la suite du témoignage de José sur les Commissions ouvrières.

LA RENCONTRE AVEC MARÍA FUENTETAJA
ET LES FLÂNERIES IBÉRIQUES

PACO ÉTAIT UN ARPENTEUR des villes et jamais une librairie ne le laissait indifférent. Ainsi, il aurait été quasiment impossible qu'il passe à côté de la Libreria Fuentetaja, calle San Bernardo à Madrid. L'endroit où, pendant les années du franquisme d'après-guerre, on diffusait sous le manteau tout ouvrage interdit ou à l'odeur subversive. Pour Paco, les endroits étaient avant tout des gens, des liens humains. Et ce fut ainsi que, à la fin des années 1960, il devint un ami de María Fuentetaja*, conquis immédiatement par la fraîcheur de son esprit libertaire et la lumière de son être. María devint son amie la plus proche à Madrid, complice de promenades, discussions et rencontres. Elle fut sans tarder introduite dans le cercle informel de Antonia et José. Grâce à María, Paco fit aussi la connaissance d'Álvarez Junco, jeune chercheur qui travaillait alors sur l'histoire de l'anarchisme espagnol**. Plus tard, ce fut aussi par l'intermédiaire de María et de sa maison d'édition, La Piqueta, que Paco se lia d'amitié avec Fernando Álvarez-Uría et Julia Varela, universitaires et animateurs de la revue *Archipiélago*.

Puis, pendant l'été de 1974, dans les mois qui suivirent le putsch militaire qui mit fin au régime salazariste, Paco

---

* Voir en annexe la note biographique sur María Fuentetaja.

** Son livre, *La Ideologia política del anarquismo español, 1878-1910*, (Madrid, Siglo XXI, 1991), deviendra un ouvrage de référence.

rejoignit à Lisbonne des amis portugais qu'il avait connus à Paris. Avec eux, et pendant quelques semaines, il accompagna l'agitation sociale, les occupations de terres, de maisons et d'usines, les fragiles expériences de gestion directe. Quelques années plus tard, Paco connut à Barcelone Quim Sirera et ses amis et amies du collectif de la revue *Etcétera*, lesquels constitueront le deuxième pilier de ses nouvelles amitiés ibériques. Quim Sirera raconte :

« J'ai connu Paco Gómez à Barcelone, à la fin des années 1970, années torrides où tout paraissait encore assez ouvert pour insérer nos désirs ; années de luttes autonomes dans les usines, les quartiers, les universités et les prisons, d'assemblées souveraines, de délégués révocables, mouvement assembléiste que seul un pacte d'État *[les pactes de la Moncloa, en 1978]* entre partis et syndicats put contenir. C'est Marc, un ami de Paris, qui me l'a présenté, à Barcelone, pendant ces années. Et commença alors une correspondance et surtout des rencontres assidues qui ne s'achèveraient que le jour de sa mort.

» Ses idées claires, sans hésitation, fruits d'une pratique révolutionnaire, sur les questions essentielles comme le nationalisme, le syndicalisme, le stalinisme, me rapprochèrent de lui, jusqu'à nouer une profonde amitié, nourrie par des rencontres permanentes à Barcelone et à Paris. C'étaient des rencontres régulières à Barcelone, quand Paco se rendait à Madrid. À Barcelone, il rencontrait de vieux camarades, Jaime Fernández et sa famille surtout, quand ce dernier s'était installé à Barcelone, avec de jeunes amies et amis, avec tous les compagnons de notre collectif, Etcétera. La dernière longue rencontre à Barcelone fut aussi avec son ami Ngo Van qui était venu pour présenter la traduction en castillan de son livre de souvenirs sur le Viêt-nam, *Au pays de la Cloche fêlée*.

» Paco manifesta un intérêt continu pour Etcétera, en participant à la correspondance, en discutant de questions historiques et d'actualité et en nous indiquant toujours parmi ses amis de nouveaux lecteurs à qui envoyer la revue et d'autres publications.

» Chez Paco, la pratique de l'amitié était vaste et profonde. Sa conversation intarissable et riche (de celles où l'on apprend toujours quelque chose) sur le cinéma, la littérature, l'actualité politique et sociale, les mouvements sociaux critiques, reflétait un choix éthique et une curiosité intellectuelle qui le garda jeune jusqu'à ses 91 ans. »

Ce fut aussi à Barcelone que Paco découvrit un lien inattendu avec le peintre Miguel García Vivancos*, par l'intermédiaire d'une jeune amie qu'il avait connue à Paris, Isabel Mercadé Navarro. Laquelle raconte ce curieux fait du hasard :

« Bavardant un jour avec Paco à propos de la guerre civile et de ma famille, nous nous sommes rendus compte que García Vivancos, mon grand-oncle (il avait été marié avec une sœur de ma grand-mère maternelle et était un très bon ami de mon grand-père maternel), était le même Vivancos qui commandait la brigade de miliciens dans laquelle s'était battu Paco. Il me dit aussi qu'il avait gardé le contact avec lui après la guerre et qu'il avait rendu visite à sa deuxième épouse en Espagne à l'occasion d'une exposition rétrospective qui avait eu lieu à Cordoue après la mort du peintre et ancien militant anarchiste. »

Ayant pris sa retraite, en février 1978, chez Jeumont-Schneider, à La Plaine-Saint-Denis – où il avait travaillé avec son ami Ngo Van –, Paco voyageait beaucoup. Ainsi, ce fut tout naturellement que Lisbonne et Barcelone vinrent s'ajouter à la liste des villes ibériques de son choix. Avec Saint-Jacques-de-Compostelle, où il aimait visiter la Fondation-musée de son ami et camarade le peintre Eugenio Granell, ainsi que, plus tard, Séville, lorsqu'il y fit la connaissance de jeunes copains libertaires.

---

* Voir la note sur Vivancos p. 67.

UN ESPRIT LIBERTAIRE
ET INTERNATIONALISTE

IL FAUT RAPPELER ici que Paco manifesta toujours un rejet de la résurgence des régionalismes ou nationalismes de toute espèce. Le nationalisme basque comme le renouveau du « catalanisme » ou du « galicianisme » l'agaçaient. Lui qui avait vécu à Barcelone de grands moments de fraternité internationaliste considérait cette résurgence comme un échec et un triste retour en arrière.

Un jour, en octobre 1998, au soir de sa vie, lors d'une conversation avec un jeune ami libertaire d'Andalousie, Paco en vint à parler de ses conceptions politiques. S'assumant comme esprit libertaire, il dit se sentir proche des théories anarchistes sans pour autant rejeter les idées fondamentales de Marx. Par rapport à sa propre expérience, il regretta que la CNT se fût transformée en une organisation quelque peu sectaire. Pour Paco, le syndicalisme libertaire s'était orienté vers une voie sans issue. En s'en tenant à ses principes révolutionnaires, il s'interdisait toute réforme et perdait l'appui populaire ; en revanche, en acceptant de jouer le jeu du système, il perdait ses moyens d'agir dans le sens d'un changement radical.

Quelques années plus tard, commentant avec le même copain les mouvements étudiants de 2006 en France, le mouvement anti-CPE (contrat première embauche), Paco fit quelques réflexions plus générales en partant de sa propre expérience. Les révolutions, disait-il, ne se développent pas d'une façon linéaire, comme un processus au cours duquel se prépare et mûrit l'action de rupture. Ce n'est pas un moment qui serait le résultat d'une addition progressive d'événements. Tout au contraire, la réalité sociale nous surprend toujours avec des explosions spontanées de révolte. Un jour, il ne se passe rien, ou pas grand-chose, et voilà que le jour suivant la rue est prise par la foule. L'action peut surgir à tout moment, sans qu'on s'y attende, concluait Paco.

La question de l'isolement des mouvements face à la force intégratrice et répressive du système le renvoyait souvent à sa propre expérience. Quelques années plus tard, le 23 août 2007, lors d'une conversation à propos des événements d'Oaxaca *, Paco remarqua :

« Je réfléchissais à propos des événements d'Oaxaca, au Mexique. Tant que le mouvement restait isolé du reste de la société, ce dénouement était prévisible. Cela m'a fait penser de nouveau à la situation espagnole de 1936-37. Les choses auraient pu évoluer autrement si le mouvement révolutionnaire avait pris de l'ampleur, s'était élargi. Or, au contraire, il a stagné et ensuite décliné. La montée en force du PCE a correspondu exactement à ce renfermement de la révolution dans le cadre national. C'était tout le sens de leur alliance avec les républicains et de leur critique des milices, avec la création du 5e régiment, la première unité politique qui respecta la hiérarchie militaire. Le mouvement aurait dû se développer, pas seulement de l'extérieur, mais surtout de l'intérieur. Et pourtant, en 1936, les usines étaient occupées en France, mais le lien ne s'est pas fait…

---

* Oaxaca, capitale de l'État du Mexique du même nom. En juin 2006, une grève des professeurs se transforme dans un mouvement social d'ampleur. Les APPO, Assemblées populaires des peuples d'Oaxaca, dirigent le mouvement. Les affrontements avec les forces répressives sont violents et la ville reste bloquée pendant des mois. L'insurrection finira par être matée par les autorités et canalisée vers la vie politique institutionnelle. Voir *La Libre Commune d'Oaxaca*, co-édition L'insomniaque et CQFD.

» (…) Tu me demandes s'il y avait parmi nous des gens qui se posaient ces questions. Oui, dans les rangs de la CNT et du POUM, l'internationalisme était très partagé. Mais ce que nous entendions par internationalisme, c'était plutôt de l'aide extérieure. On se disait, peut-être qu'ils vont nous envoyer des ambulances, des armes… On n'allait pas plus loin. »

OÙ L'ON RETROUVE L'HÔTEL FALCÓN

En JUIN 2004 parut, édité en castillan par Quim Sirera, *Au Pays de la cloche fêlée* de Ngo Van (*Memoria escueta*, traduit par Mercè Artigas, chez Octaedro). Hélène Fleury témoigne :

« Les jeux de l'amitié et du hasard ont multiplié les tours de magie lors de cette semaine de juin 2004 que Van, Naomi Sager et moi avions décidé de passer ensemble à Barcelone. Le séjour prévu depuis longtemps coïncida juste avec la sortie des presses de *Memoria escueta* de Van. Prévenu quasi au dernier moment qu'il y aurait lancement du livre dans une librairie de Barcelone et festoiement chez l'éditeur, Paco n'a pas hésité à prendre le train de nuit depuis Paris pour fêter son ami… Dans les pérégrinations passionnées des jours précédents, en hommage à la Catalogne insurgée, sur les traces d'Orwell dont le livre ne le quittait pas, il restait comme un manque à Van, c'est de ne pas avoir trouvé l'hôtel Falcón ou du moins son emplacement…

» Débarqué du train, Paco nous téléphona, nous l'avons invité à nous rejoindre au n° 34 sur les Ramblas où nous partagions un appartement,

» "Mais s'exclama-t-il vous logez exactement à la place de l'hôtel Falcón ! Là même où j'ai été arrêté !"

» Ce furent de belles journées d'amitié intense, Paco était très gai, prolixe sur son passé, comme jamais, jamais Van ne l'avait vu. Les deux vieux compagnons de luttes et d'exil rayonnaient littéralement… »

La disparition, le 2 janvier 2005, de Ngo Van à Paris puis celle d'Antonia à Madrid, en 2006, affectèrent profondément Paco. Enfin, le 11 novembre 2007, ce fut sa grande amie María Fuentetaja qui décidait de quitter ce monde. Admiratrice de Herman Melville, María avait « préféré ne pas » vivre, pour reprendre la formule de *Bartleby*, un de ses livres de chevet.

Déjà fortement limité par ses difficultés d'audition, Paco s'enferma encore plus, malgré lui, dans son monde intérieur.

Paco est mort à Paris le 23 février 2008. Il avait 91 ans.

Paco fêtant son 90ᵉ anniversaire en 2007,
dans un restaurant turc de Paris.

ANNEXES

SUR LE POUM

– I –

C'EST SUR LES POSITIONS de l'Opposition de gauche trotskiste, née des divergences à l'intérieur du Parti russe *[PCUS, Parti communiste de l'Union soviétique]*, que s'est constituée la « Gauche communiste » d'Andrés Nin et Andrade, autres pionniers du communisme espagnol. Ce petit groupe de cadres de valeur s'est avant tout consacré, jusqu'à 1934, à un travail « théorique » dans la publication de la revue *Comunismo*. Mais à cette date ils rompent avec Trotski qui voudrait les faire entrer au Parti socialiste pour y constituer une aile révolutionnaire*, et décident de fusionner avec le Bloc ouvrier et paysan pour constituer le Partido obrero de unificación marxista (POUM).

Traité de « trotskiste » par ses adversaires**, désavoué et vivement critiqué par Léon Trotski et ses amis, le nouveau parti, dont les seules forces réelles sont en Catalogne, ne dépasse guère 3 000 militants en juillet 1936.

Pierre Broué et Émile Témine,
La Révolution et la Guerre d'Espagne, Minuit, 1961, pp. 57-58

---

* Un tout petit groupe seulement reste fidèle à Trotski et tente d'appliquer sa « ligne » en entrant dans les Jeunesses socialistes. Parmi eux, G. Munis.

** Koltsov (envoyé spécial de la Pravda en Espagne) qualifie le POUM de « bloc trotsko-boukharinien ».

– II –

LE POUM ÉTAIT l'un de ces partis communistes dissidents que l'on a vu apparaître en beaucoup de pays au cours des dernières années, par suite de l'opposition au « stalinisme », *i.e.* au changement, réel ou apparent, de la politique communiste. Il était composé en partie d'ex-communistes et en partie d'un ancien parti, le Bloc ouvrier et paysan. Numériquement, c'était un petit parti*, n'ayant guère d'influence en dehors de la Catalogne, et dont l'importance tenait surtout à ce qu'il renfermait une proportion extraordinairement élevée de membres très conscients, politiquement parlant. En Catalogne, sa principale place forte était Lérida. Il ne représentait aucune centrale syndicale. Les miliciens du POUM étaient pour la plupart membres de la CNT, mais les véritables membres du parti appartenaient en général à l'UGT. Ce n'est cependant que dans la CNT que le POUM exerçait quelque influence. La « ligne » du POUM était en gros la suivante :

« C'est une absurdité de prétendre s'opposer au fascisme au moyen de la "démocratie" bourgeoise. "Démocratie" bourgeoise, ce n'est là qu'un autre nom donné au capitalisme, tout comme fascisme ; se battre contre le fascisme au nom de la "démocratie" revient à se battre contre une forme du capitalisme au nom d'une autre de ses formes, susceptible à tout instant de se transformer dans la première. Le seul parti à prendre en face du fascisme, c'est le pouvoir ouvrier. Si vous vous proposez n'importe quel autre but plus restreint, ou vous tendrez la victoire à Franco, ou, au mieux, vous laisserez le fascisme entrer par la porte de derrière. D'ici la prise de pouvoir, les ouvriers doivent se cramponner à tout ce qu'ils ont conquis ; s'ils cèdent sur quoi que ce soit au gouvernement semi-bourgeois, ils peuvent s'attendre à être trompés. Ils doivent garder les milices ouvrières et les forces de police ouvrière constituées telles qu'elles le sont actuellement,

---

* Quant au nombre de membres du POUM, voici les chiffres donnés : en juillet 1936, 10 000 ; en décembre 1936, 70 000 ; en juin 1937, 40 000. Mais ce sont là les chiffres donnés par le POUM ; une estimation hostile les diviserait probablement par quatre. La seule chose que l'on puisse dire avec certitude au sujet des effectifs des partis politiques espagnols, c'est que chacun d'entre eux majorait les siens.

et s'opposer à toute tentative pour les "embourgeoiser". Si les ouvriers ne dominent pas les forces armées, les forces armées domineront les ouvriers. La guerre et la révolution ne doivent pas être séparées.»

George Orwell, *op.cit*, pp. 267-268

– III –

DÉBUT SEPTEMBRE 1936, en pleine avancée révolutionnaire, les jeunes militants et sympathisants du POUM se trouvaient, pour la plupart, sur les fronts d'Aragon, du Levant ou de Madrid. Les cadres de la Jeunesses communistes ibériques (JCI) assumaient des responsabilités militaires en commandant des sections ou des compagnies.

(…) Des milliers de jeunes se bousculaient dans nos locaux pour s'enrôler dans les milices ou adhérer à la JCI, surtout dans les villes et villages où elle jouissait d'une certaine tradition et d'un prestige évident. En peu de temps, des groupes ou des sections de la JCI ont vu le jour sur les fronts, dans les villes et les villages. Le fait politique le plus spectaculaire a été le lancement à Lérida, bastion du POUM, de *Combat*, le premier quotidien pour la jeunesse publié en Espagne et le second dans le monde (après celui du Komsomol russe).

Wilebaldo Solano, *op. cit.*, pp. 78-79

À LA MI-AOÛT 1936, au comble de l'effervescence révolutionnaire, alors que tout paraissait possible et que l'Espagne était devenue le symbole le plus pur et le plus efficace de la résistance au fascisme international, nous sont parvenues les premières informations relatives à l'offensive de Staline et de son appareil bureaucratique contre la vieille garde bolchevik et, en particulier, le procès et l'exécution de Kamenev et de Zinoviev. La réaction du POUM et de la JCI – qui par ailleurs avaient critiqué la politique de « non-intervention » en Espagne que Moscou soutenait alors – fut immédiate. (…) Dès ce moment, la situation se modifia de façon radicale. Comme le POUM et la JCI ne se sont pas contentés d'faire une déclaration, mais qu'ils ont continué de publier des informations (eux seuls, car les autres journaux, y compris socialistes et anarchistes, gardaient le silence) à propos des événements, (…) les dirigeants du PCE, du PSUC et des JSU ont commencé une vaste campagne d'injures et de calomnies contre les militants et les organisations poumistes. Cette campagne allait durer jusqu'à la fin de la guerre civile.

Ibid, p. 82

UNE SEMAINE avant la chute de Barcelone (janvier 1939), les principaux dirigeants du POUM étaient incarcérés à la prison de Les Corts, d'où ils avaient exigé, dans une lettre adressée au président de la République, au gouvernement de Juan Negrín et aux comités directeurs des organisations ouvrières la libération immédiate de tous les emprisonnés antifranquistes (poumistes, anarchistes, membres des Brigades internationales) afin qu'ils puissent contribuer à défendre la Catalogne. Cette demande n'a eu qu'un seul résultat : l'évacuation, sur ordre du ministre de la justice, le socialiste Ramón González Peña, des dirigeants du POUM vers une petite prison improvisée à Cadaqués deux jours avant l'entrée des troupes franquistes à Barcelone.

À Cadaqués, le groupe des dirigeants du POUM (…) a demandé une nouvelle fois sa libération à Negrín, lequel se trouvait à Figueras. Le chef du gouvernement l'a promise (…) et a même été sur le point d'accepter une rencontre avec Gorkin, Andrade et Solano. Selon Negrín, ce sont les « Russes et les communistes » qui lui avaient « imposé » le procès *[du POUM]* et la répression.

Ibid, pp 131-132

– IV –

PENDANT LES SEMAINES qui ont suivi le 19 juillet, toute l'activité du POUM, ainsi que de sa presse, révèlent une méconnaissance totale de ce qui se passait. Ils ne se rendaient même pas compte de la signification politique du comité central des milices et des multiples comités de gouvernement, bien que le POUM fît partie du premier et fût présent dans la plupart des seconds. On pouvait lire dans un éditorial d'*Avant* : « La création du comité central de milices, formé par des délégués de toutes les organisations, représente un grand pas en avant dans le sens de la coordination de l'action de toutes les forces armées populaires et, dans ce sens, notre parti le salue avec la plus vive satisfaction. » Le POUM ne voit dans le comité central des milices qu'un organisme du front unique « antifasciste ». La défaite des institutions armées de la vieille société venait de mettre en pièces l'État bourgeois, posant dans ses termes les plus vifs, pratiques et impératifs, le problème de l'organisation de l'État prolétarien. Pour le POUM, rien de tout cela n'existait, la révolution n'était pas dans la rue ; le parti continuait à vivre dans le cadre de la république démocratico-bourgeoise et se comportait comme la gauche convenable de cette république. À part un petit nombre de militants trotskistes, c'était ça le parti de l'extrême gauche qui existait en juillet 1936.

(…) Il n'est pas possible de passer sous silence l'attitude du POUM au cours des Journées de mai *[1937]*. Ce fut la dernière preuve politique qui l'a définitivement marqué comme un parti centriste impotent, placé comme une barrière inerte sur le chemin des masses.

(…) L'attitude du POUM pendant la lutte des barricades fut un reflet docile de celle de la CNT. Ses militants, comme ceux de la CNT, ont pris les armes et se sont comportés vaillamment. En tant que corps politique, le parti fut absolument inexistant… (…) Au troisième jour de lutte, lorsque la CNT a donné l'ordre d'abandonner les barricades, la direction du POUM a répété l'ordre. Elle a, ensuite, récidivé, dans la mesure où les travailleurs désobéissaient aux instructions de la CNT à la suite de la position des « Amis de Durruti » et de la Section bolchevique léniniste d'Espagne (trotskiste). Finalement, avec la chute des dernières barricades, Solidaridad Obrera annonçait la fin de la lutte comme une victoire pour les travailleurs. Faisant écho lugubre, *La Batalla* répétait : « Puisque la tentative (de provocation) fut éloignée suite à la magnifique réaction de la classe ouvrière, le retrait s'impose. » Quelle valeur politique, quelle aptitude pour diriger la révolution peuvent les travailleurs octroyer à un parti qui prétend faire passer comme victoire la défaite, défaite que, quelques semaines plus tard, entraînerait sa mise en illégalité et l'assassinat de son propre secrétaire général ?

G. Munis, op.cit., pp. 303-304

– V –

ON DIT, ENFIN, que le POUM est contre le Front populaire. En réalité, ce parti est contre la tendance qui voudrait dissocier la guerre civile de la révolution sociale.

(...) La Jeunesse communiste ibérique *[JCI, organisation de jeunesse du POUM]* affirme que pour gagner la guerre, il faut : la dissolution des cadres de l'armée bourgeoise ; la mobilisation générale de la jeunesse ; la direction militaire unique ; l'épuration des écoles militaires et la préparation militaire de la jeunesse ; le développement d'une puissante industrie de guerre et l'organisation du travail volontaire et obligatoire pour la guerre ; l'emploi des détenus fascistes dans les travaux de fortification.

La JCI ne renonce pas à la révolution prolétarienne qui est pour elle un tout, avec la guerre civile, et qui doit créer une nouvelle économie prolétarienne caractérisée par la socialisation de la grande industrie, des banques et des terres, du monopole du commerce extérieur et de la municipalisation des services publics. Ce programme, dont j'ai donné les points les plus saillants, ne correspond pas entièrement à nos revendications actuelles et à nos aspirations, mais nul d'entre nous ne pourrait le taxer de contre-révolutionnaire.

(...) Plusieurs critiques et plusieurs slogans du POUM correspondent à la réalité et peuvent renforcer le développement de la révolution sociale espagnole.

Contre les visées hégémoniques et les manœuvres obliques du PSUC, nous devons inlassablement et énergiquement affirmer l'utilité de la libre concurrence politique au sein des organismes syndicaux et l'absolue nécessité de l'unité de l'action antifasciste. Il faut éviter les sermons franciscains. Il faut dire bien haut que quiconque insulte et calomnie le POUM et en demande la suppression est un saboteur de la lutte antifasciste, que l'on ne doit pas tolérer.

Notre prise de position non seulement correspond aux nécessités de l'heure grave et répond à l'esprit de l'anarchisme, mais elle constitue aussi la meilleure prophylaxie contre la dictature contre-révolutionnaire qui, de plus en plus, se profile dans le programme de restauration démocratique du PSUC et dans la disjonction entre révolution et guerre de quelques révolutionnaires myopes et désorientés.

Camillo Berneri, « Pour la défense du POUM »*,
in Œuvres choisies, op. cit., pp. 248-249

– VI –

Nous n'arrivons que le soir au siège du POUM, installé maintenant dans une grande maison de la place Santo Domingo. Tout autour, des flammes illuminent le ciel. Sans se soucier des incendies, des femmes et des enfants font la chaîne pour passer les pavés aux bâtisseurs de barricades. À part les quartiers résidentiels encore épargnés, Madrid brûle aux quatre coins. (…) Autour d'une table qui sent le mobilier de riche, comme tout ce qu'il y a dans cette maison abandonnée par ses propriétaires en fuite, une dizaine d'hommes discutent des suites possibles de la poussée communiste pour l'avenir du POUM. Dans l'élan héroïque que suscite la défense de Madrid, comme aux premiers jours de la guerre civile, les miliciens du POUM ont encore le droit de se battre et de mourir sous leurs propres insignes. Personne ne les oblige à abjurer.

— Malheureusement cela arrivera, dit Juan Andrade. Les Russes vont exiger que notre organisation leur soit sacrifiée. Ils vont bientôt instaurer ici les méthodes qu'ils emploient contre l'opposition en Union soviétique…

— Ils voudront sûrement le faire, réplique Quique Rodríguez, mais en Espagne le Parti communiste n'est pas la seule organisation révolutionnaire, même s'il a pour lui tout l'appui des armes russes. N'oublie pas que la CNT compte, et pour beaucoup.

— Je ne me fais aucune illusion sur l'aide des anarchistes, ni sur celle des socialistes à l'heure des persécutions, dit Andrade. Les uns et les autres paient les armes russes au prix d'une démission totale. (…) La petite milice du POUM a été partagée en deux compagnies. (…) Un couvent, situé près de l'hôpital Clínico, leur sert de caserne. Une poignée de religieuses qui ont choisi la

---

* Il s'agit probablement du dernier article de Berneri, publié avant son assassinat par les staliniens, le 6 mai 1937.

liberté font la cuisine et s'occupent du ménage. (…) Le couvent-caserne est désert. Les hommes ne rentrent que tard dans la nuit. En me promenant avec la milicienne qui me reçoit, je constate que tout est bien tenu*. La cellule qui m'est destinée donne sur un petit jardin. La religieuse-milicienne me propose un brasero pour absorber l'humidité. Je me crois presque à l'hôtel, surtout quand elle me demande si je veux manger dans ma chambre. Non, je ne veux pas, je ne suis qu'une milicienne comme elle.

Mika Etchebéhère, *Ma guerre d'Espagne à moi*,
Actes Sud, 1998, pp. 171-172 et 174-175

– VII –

[*APRÈS JUILLET 1936,*] l'exécutif [*du POUM*] ouvrit enfin les yeux et les oreilles : bien tard, il est vrai, mais avant les dirigeants d'autres organisations. Il comprit quelle était la volonté de la base du parti, qui reflétait la volonté de la masse ouvrière, non seulement des militants mais des ouvriers affiliés aux syndicats et même de ceux qui n'étaient pas organisés. J'insiste sur ce point car, sans cet élément, on ne comprendrait pas ce qui allait se passer. Les livres sur la guerre civile ne le mettent pas en relief, probablement parce qu'ils se fondent sur des documents et que leurs auteurs n'ont pas vécu l'atmosphère de ces jours-là.

Cette atmosphère peut se résumer en une phrase : les ouvriers voulaient être les maîtres. Ils le voulaient spontanément, et non parce qu'ils y étaient poussés par les idéologies, les syndicats ou les partis. Ce ne sont pas les syndicats qui donnèrent l'ordre de former des comités de contrôle dans les entreprises restées sans patrons – soit parce que ces derniers avaient fui, s'étaient cachés ou avaient été tués –, ce sont les ouvriers eux-mêmes qui en décidèrent et qui les constituèrent. Les membres de ces comités étaient en majorité cénétistes, mais il y avait aussi des poumistes, quelques « psuquistes », des ouvriers de l'Esquerra et des non-syndiqués. Ce n'est qu'au but de quelques jours que les syndi-

---

* En 1936, l'Argentin Hippo Etchebéhère, qui commandait une colonne du POUM, fut tué lors des premiers combats sur le front de Madrid. Les miliciens choisirent sa compagne, Mika, pour le remplacer.

cats entreprirent de coordonner ces comités et de les représenter. Mais, je le répète, les comités surgirent spontanément. Un problème s'était posé et, parmi les solutions possibles, les ouvriers choisirent celle qui exprimait leurs aspirations. Bien entendu, ces aspirations étaient le produit d'années de propagande ouvrière – en particulier anarcho-syndicaliste. L'utopie devenait réalité, par la volonté non de ceux qui l'avaient propagée, mais de ceux qui y avaient cru.

Ce ne furent pas les dirigeants de la CNT, du POUM ou du PSUC qui dirent aux ouvriers des villes et des banlieues de former de comités pour occuper les mairies. Ces comités se constituèrent dans la nuit du 19 au 20 juillet sur l'initiative des militants locaux, pour réquisitionner armes et bâtiments, contrôler les automobiles, surveiller les routes et les casernes.

Víctor Alba, op. cit., p. 192

DANS UNE SITUATION révolutionnaire, quelles étaient les perspectives qui s'ouvraient au POUM, parti révolutionnaire ?

(…) C'est ici qu'il faut dire certaines choses qui ne se trouvent imprimées nulle part, mais que tout poumiste a sues à l'époque. La première est que l'exécutif *[du POUM]* freina tant qu'il put les positions les plus radicales et les plus tranchantes des comités locaux, en particulier ceux de Barcelone et de Lérida, et des Jeunesses – tous composés presque exclusivement des ex-bloquistes. La seconde est que ce furent les anciens bloquistes qui maintinrent les positions les plus radicales. Les militants venus de la Gauche communiste – une infime minorité – défendaient des positions plus modérées, et étaient surtout plus obsédés par la crainte de perdre le contact – toujours précaire – avec la CNT. Il fallait mettre les choses au point, parce que les gens – historiens y compris – ont souvent répété les consignes communistes quant au caractère trotskiste du POUM. Or, comme je viens de le dire, les trotskistes – et Nin avec eux – eurent relativement peu d'influence à cette époque lorsqu'il s'agissait de déterminer la ligne du parti.

Ibid, pp. 194-195

---

* Membres du Bloc ouvrier et paysan, voir p. 25.

Cependant le POUM n'était pas au gouvernement *[de la Généralité, nommé le 25 septembre 1936]* pour s'occuper de menus détails juridiques, mais pour faire adopter des mesures aptes à élargir la révolution et aider ainsi à gagner la guerre. Sur ce plan, le gouvernement ne fut pas à la hauteur de ce que les poumistes, d'ailleurs sans grand optimisme, attendaient de lui. (…) Les cénétistes et Nin se trouvèrent du même côté pour une autre question importante. Ils proposèrent une loi qui légaliserait les collectivisations, donnant ainsi aux syndicats des fonctions fondamentales dans l'économie. Le PSUC répondit par un autre projet de loi qui aurait eu pour effet d'étatiser les entreprises, laissant la porte ouverte pour que les anciens propriétaires puissent recouvrer leurs entreprises dans l'avenir, ou être indemnisés.

Ibid, pp. 215-216

LE POUM NE PARVINT nulle part – même pas à Lérida – à influer sur la police (…) Seuls ceux qui possédaient une dose très forte de haine (et ils étaient rares au POUM) ou un sens exagéré de la discipline (également très rares) acceptèrent d'entrer dans la police. Dans les commissariats de l'Ordre public, les poumistes s'entendaient bien avec les cénétistes et les gens de l'Esquerra, mais pas du tout avec les psuquistes. Ni les cénétistes ni les républicains voulaient travailler avec les psuquistes – qu'ils jugeaient capables de gâcher des « enquêtes » pour servir l'intérêt de leur parti – de sorte que ceux-ci formèrent graduellement des groupes policiers entièrement à eux, ce qui donna ensuite au PSUC la possibilité d'utiliser la police comme police de parti.

Ibid, p. 221

LA LOI sur les collectivisations ne satisfaisait pas les poumistes. (…) *[La publication poumiste,* Front*]* commenta après l'adoption du décret que celui-ci « avait en réalité pour fin essentielle de créer un ensemble d'égoïsmes capitalistes chez les ouvriers, de faire que chaque entreprise appartienne exclusivement à ses ouvriers, au lieu de satisfaire les besoins collectifs ».

De plus, la loi sur les collectivisations « ne résolvait pas le problème de la concurrence. Les syndicats peuvent bien vouloir unifier les prix, leurs efforts n'en seront pas moins futiles si le régime d'économie privé est maintenu dans les entreprises *[collectivisées]* ».

La solution consistait en l'organisation de trusts comprenant diverses entreprises qui se compléteraient dans leur production (filatures-tissages-apprêts, par exemple), c'est-à-dire en une organisation verticale, par spécialités ; « Il faudra, néanmoins, étudier graduellement l'organisation de l'industrie par le système horizontal. »

Ibid, pp. 224-225

EN SOMME, *[en mai 1937]* le POUM ne perdait rien à descendre dans la rue. S'il restait coi, il perdait ce qu'il avait et les quelques possibilités qui lui restaient pour l'avenir. Tout cela sans tenir compte de ce qui, pour les poumistes, n'était pas de la rhétorique, sinon une réaction vécue : la solidarité avec les travailleurs en lutte. Ils pouvaient maintenant répéter aux cénétistes ce que ceux-ci leur avaient dit le 6 octobre 1934 et le 19 juillet 1936 : « Nous nous retrouverons dans la rue. »

Ils s'y retrouvèrent. Dans les villes et villages, l'unité d'action se créa spontanément ; par exemple, en nombre d'endroits, poumistes et cénétistes occupèrent préventivement les locaux du PSUC. À Lérida, ils prirent le contrôle de la ville. Ailleurs, ils obtinrent que l'ex-garde civile leur remette les armes.

Ibid, p. 287

L'HISTOIRE ici narrée est celle d'un parti qui tenta d'être marxiste dans une ambiance réformiste d'un côté et anarchiste de l'autre ; qui donna à tous ses militants une raison de vivre (et à beaucoup d'entre eux une raison de mourir) ; qui nagea souvent à contrecourant ; qui fut toujours minoritaire et qui ne perdit jamais le respect de soi, qu'il ait été dans l'erreur ou dans le vrai.

Ibid, p. 396

OROBÓN ET LA DÉMOCRATIE
OUVRIÈRE RÉVOLUTIONNAIRE

ÉTANT DONNÉ que, au fond, et de l'aveu explicite de leurs principaux théoriciens, les socialistes autant que les communistes aspirent, comme étape ultime de développement, à un régime de vie communautaire sans classes ni État, une des bases de l'alliance devra stipuler les avancées dans ce sens jusqu'où ce sera possible. C'est-à-dire que, avec le nouvel ordre social, il ne faudra pas créer d'organes coercitifs à la légère, pour obéir aux caprices et s'adapter aux recettes artificielles d'une tendance, mais uniquement les outils strictement indispensables à l'exécution efficace du travail révolutionnaire. Tout l'appareil gouvernemental et répressif du vieux système doit disparaître sans laisser de racines. Pour écraser l'ennemi de classe, il n'est pas nécessaire d'implanter une dictature durable, mais il faut user à bon escient de la « violence révolutionnaire » que préconisait Bakounine pour la période de transition.

On évite le bureaucratisme et le bonapartisme, menaces latentes de toute révolution, en mettant la révolution entre les mains du peuple laborieux et en suscitant l'émulation des masses nombreuses pour la défendre et la féconder.

Puisque aucune des tendances ne peut juger défendable la thèse oligarchique visant à gouverner en passant par-dessus la volonté des masses prolétariennes, il est logique de supposer qu'elles devront toutes se montrer disposées à honorer ladite volonté comme instance suprême, avec laquelle nous débouchons sur une formule que nous croyons acceptable pour tous : la démocratie ouvrière révolutionnaire. Cette base correspond approximativement à celle qu'adopta la République des conseils ouvriers en Bavière*, en 1919, dans laquelle, jusqu'à ce que le social-démocrate Noske l'étouffe dans le sang, la collaboration entre les socialistes de gauche comme Ernst Toller, les communistes comme

---

* Lire, au sujet de la Révolution bavaroise et de ses principaux protagonistes, B. Traven, *Dans l'État le plus libre du monde*, L'insomniaque, 2011. Sous le nom de Ret Marut, le futur auteur du *Trésor de la Sierra Madre* fut responsable de la section de la presse de la République des conseils et faillit bien être fusillé lorsque les forces de la réaction reprirent Munich.

Eugen Leviné et les anarchistes comme Laudauer et Mühsam fut possible. La démocratie ouvrière révolutionnaire est une gestion sociale directe du prolétariat, un frein sûr contre les dictatures de parti et une garantie pour le déroulement des forces et entreprises de la révolution.

Dans les prévisions théoriques actuelles des partis socialiste et communiste, on concède une importance excessive au rôle de l'instrument politique dans le processus révolutionnaire. Cette attitude des partisans officiels du matérialisme historique, qui devraient voir dans l'influence de l'économie la pierre de touche de toute transformation sociale effective, en devient curieuse.

Malgré la devise des utopistes dont nous avons l'habitude de nous revendiquer, nous croyons que la consolidation de la révolution dépend avant tout de l'articulation rapide et rationnelle de son économie. D'où l'idée qu'une simple consigne d'ordre politique nous paraît insuffisante pour embrasser les problèmes de la révolution.

Ce qu'il faut considérer comme essentiel, c'est la socialisation des moyens de production et le formidable ouvrage de rassemblement et d'organisation que comporte la création d'une économie d'un type nouveau. Et cela ne peut pas être l'œuvre d'un pouvoir politique central, mais des entités syndicales et communales qui, en tant que représentation immédiate et directe des producteurs, sont, dans leurs domaines respectifs, les piliers naturels de l'ordre nouveau. Il faut souligner avant tout que, tout en se subordonnant à un plan technique général, la direction des fonctions économiques, tant à l'échelon local que national, correspond aux collectivités ouvrières des différents secteurs. Ainsi, la révolution se développera sur un maillage de cellules vivantes et adaptées qui impulseront avec enthousiasme et compétence la construction du socialisme intégral.

(…) Ce qui vient d'être dit scandalisera peut-être ceux qui aiment se gargariser de purismes théoriques. Peut-être nous traitera-t-on d'hérétiques pour ne pas payer tribut aux rigidités dogmatiques en vogue. Peu nous importe. En émettant notre opinion sur le problème extrêmement important de l'unité, nous avons été sincères avec nous-mêmes. Nous avons vu la réalité sans les lunettes fumées des préoccupations et conventionnalismes doctrinaux. Il s'agit d'une révolution et non d'une discussion académique sur tel ou tel principe. Les principes ne doivent pas être des commandements de la loi, mais des formules souples pour capter et modeler la réalité.

Notre plate-forme d'alliance garantit-elle le communisme libertaire intégral pour le lendemain de la révolution ? Évidemment, non. Mais ce qui est garanti, c'est la déroute du capitalisme et de son soutien politique, le fascisme. Ce qui est garanti, c'est une porte d'accès à la société pleinement libertaire. Tout cela nous paraît plus positif que la métaphysique pure et que les théories du monopole et du messianisme révolutionnaire.

La franchise n'est pas un délit.

Valeriano Orobón Fernández, *op. cit*, pp. 269-270, 274-275 et 276-277

SUR L'HÔTEL FALCÓN

– I –

PENDANT la durée du mouvement *[les Journées de mai 1937]*, l'hôtel Falcón se transforma en une véritable forteresse. Les Comités exécutif et local restèrent réunis en permanence et leurs membres dormaient au Falcón. Soixante-dix miliciens de la 29ᵉ division *[du POUM]*, dont un certain nombre appartenait au bataillon de choc international, se chargèrent de la défense du Falcón et du local de l'exécutif. Le PSUC prétendit ensuite que la Division les avait envoyés se battre, mais la vérité est qu'ils se trouvaient à Barcelone en permission. L'un d'eux était Orwell.

Víctor Alba, op. cit., p. 294

– II –

J'ÉTAIS dans le local du POUM où nous devrions loger. (…) Notre local était nettement plus modeste *[que l'immeuble réquisitionné par les partis communistes]*, mais plus agréable. Je me rappelle mon arrivée là, le premier soir. L'immeuble, situé au milieu des Ramblas, avait été un des grands hôtels de Barcelone et j'y avais déjà séjourné à l'époque. Maintenant les stores avaient été brûlés par la chaleur du soleil et leurs couleurs étaient fanées. Tout le long d'un balcon, une banderole ondulait comme une langue écarlate. Des barils de vin, des paniers et des chaises obstruaient l'entrée. Je me rappelle ma surprise, le premier soir, devant le désordre bon enfant et la bonne humeur qui m'accueillirent dès que j'en franchis le seuil.

Des hommes montaient la garde devant l'entrée comme devant tous les locaux des différents partis. Ils étaient six, installés sur des chaises en rotin, dans la fraîcheur de la nuit. Certains bavardaient, d'autres chantaient à voix basse. Les canons de leurs fusils brillaient dans l'obscurité. Un petit chat maigre jouait entre leurs pieds chaussés d'espadrilles.

Ce soir-là, un poète français *[il s'agit sans doute du surréaliste Benjamin Péret]* de ma connaissance faisait partie de la garde avec les autres. Il était la dernière personne que je m'attendais à rencontrer ici.

– C'est tellement extraordinaire d'être ici ! me dit-il. Il me semble que je revis !

Il rejetait en arrière sa tête ronde et regardait le ciel où les étoiles brillaient comme de grandes fleurs blanches.

J'entrais dans le hall. Sur les barreaux dorés de la cage de l'ascenseur – il était en panne –, étaient accrochées des notices donnant des informations sur l'organisation du local. Au bureau était assise une femme aux cheveux blancs, à la fois mince et forte. Elle portait un tablier blanc et un revolver pendait sur sa hanche. À l'autre extrémité du hall, des portes vitrées donnaient sur la salle à manger. C'est là que j'ai pris mon premier repas communautaire.

Mary Low et Juan Breá, *Carnets de la Guerre d'Espagne*,
Verticales, 1997, pp. 59-61

– III –

ON POUVAIT évaluer à environ 300 le nombre des personnes qui se trouvaient dans les deux locaux *[de l'hôtel]* : c'étaient surtout des gens de la classe la plus pauvre, des rues mal fréquentées en bas de la ville, aux alentours des quais ; il y avait quantité de femmes parmi eux, certaines portant dans leurs bras des bébés, et une foule de petits garçons déguenillés. Je me figure que beaucoup d'entre eux n'avaient pas la moindre notion de ce qui se passait et que tout simplement ils avaient couru se réfugier dans les locaux du POUM. Il se trouvait aussi pas mal de miliciens en permission, et quelques étrangers. Pour autant qu'il me fût possible d'en juger, il n'y avait guère qu'une soixantaine de fusils à repartir entre tous. Le bureau d'en haut était continuellement assiégé par une foule de gens qui réclamaient des fusils et à qui on répondait qu'il n'en restait plus. Parmi les miliciens, de tout jeunes gars qui semblaient se croire en pique-nique, rôdaient çà et là, tâchant de soutirer des fusils à ceux qui en avaient, ou de les leur faucher. L'un d'entre eux ne tarda pas à s'emparer du mien par une ruse habile et à aussitôt s'éclipser avec.

George Orwell, *op. cit.*, p. 143

LONGTEMPS j'errai à l'aventure dans le local, vaste bâtiment plein de coins et recoins, dont il était impossible d'apprendre la topographie. C'était partout l'habituel gâchis, les meubles brisés et les chiffons de papier qui semblaient être les produits inévitables de la révolution. Partout des gens qui dormaient ; sur un divan démoli, dans un couloir, deux pauvres femmes du quartier des quais ronflaient paisiblement. Ce bâtiment avait été un music-hall avant que le POUM l'eût repris. Des scènes étaient demeurées dressées dans plusieurs des salles ; sur l'une d'elles, il y avait un piano à queue abandonné. Finalement je découvris ce que je cherchais : le magasin d'armes.

Ibid, p. 145

NOUS DEVRIONS défendre les locaux du POUM s'ils étaient attaqués, mais d'après les instructions envoyées par les leaders du POUM, il nous fallait rester sur la défensive et ne pas engager la lutte s'il était possible de l'éviter. Exactement en face de nous il y avait un cinéma, appelé le Poliorama, au-dessus duquel se trouvait un musée, et tout à fait au dernier étage, dominant de haut le niveau général des toits, un petit observatoire avec deux dômes jumeaux. Les dômes commandaient la rue et il suffisait donc de quelques hommes postés là-haut avec des fusils pour empêcher toute attaque sur le siège du POUM. Les concierges du cinéma étaient membres de la CNT et nous laisseraient aller et venir. Quant aux gardes civils dans le café Moka, on n'aurait pas d'ennuis avec eux ; ils n'avaient pas envie de se battre et se laisseraient volontiers persuader qu'il faut que tout le monde vive.

Ibid., p. 151

– IV –

CLARA nous emmena à l'hôtel Falcón, où il y avait une foule de journalistes, de politiciens et d'émigrés du monde entier ; c'était aussi le rendez-vous des groupes oppositionnels socialistes et communistes. Le Sozialistische Arbeiter Partei (SAP) était représenté par Willy Brandt et Max Diamant ; on y trouvait aussi des permanents du KPO (la tendance de Brandler), des communistes de conseils hollandais, des trotskistes des États-Unis,

de France, de Grande-Bretagne, d'Amérique du Sud, des maxi-
malistes italiens, des anarcho-syndicalistes allemands, le Bund
juif : ils étaient tous là ! Les seules unités militaires ayant rejoint
le POUM étaient formées par les Italiens et le SAP. Beaucoup
de ces émigrés avaient été soldats pendant la guerre mondiale,
possédaient donc une expérience militaire, et étaient véritable-
ment impatients de soutenir politiquement et militairement la
Révolution espagnole. Les leaders du POUM n'avaient ni le
temps ni l'envie de participer aux discussions et aux intrigues
de ces groupes.

Pavel et Clara Thalmann,
Combats pour la liberté (Moscou-Madrid-Barcelone-Paris),
La Digitale, 1983, p. 108

LES COMMISSIONS OUVRIÈRES :
COMMENT UN SYNDICAT DE BASE
DEVIENT UN APPAREIL BUREAUCRATIQUE

ON M'A PROPOSÉ à différentes occasions de devenir délégué syndical : on t'exempte du travail et tu te trouves dans l'autre clan qui te regardait de haut ; et tu n'es plus José mais don José. À l'époque, je ne voulais pas de ça, ni plus tard, ni jamais. Parce qu'un jour, il y en a un qui se prétendait ultra-révolutionnaire et qui était membre à la fois des Commissions ouvrières et d'USO, un syndicat créé par les curés, par l'Église… Donc, un jour il arrive et il me dit :

– On me mute dans les bureaux de la RENFE

– Ah, tu t'en vas, lui dis-je. Tu abandonnes le travail, la lutte des ouvriers…

Et il me dit très sérieusement :

– Non, je vais là-bas parce qu'on peut mieux lutter qu'ici.

– Écoute, lui réponds-je, on lutte mieux près du chef ou près de celui qui bosse ? Ici, on voit les choses dans le moment et à l'endroit où elles arrivent mais dans les bureaux, qui sont à dix kilomètres, ce qui arrive, tu ne le vois même pas. Il faut être près du problème : un jour, par exemple, une machine est tombée dans la fosse et a blessé des camarades, imagine ce que pèse une machine… Ce problème, comment tu vas le résoudre si tu es loin ?…

Ce qui me mettait en rogne, c'est que les gens s'affiliaient pour se caser. Il y en a un qui me disait :

– Tu prends ta carte et quand tu auras un travail ingrat, tu dis que tu vas au syndicat et tu t'en vas.

J'ai vu des délégués, à l'économat de la RENFE, en train de « faire leurs courses », accompagnés de leur femme, pendant les horaires de travail, c'est-à-dire qu'ils vivaient comme des rois.

Quand il y avait une assemblée, tout le monde avait peur que je prenne la parole parce que j'apportais toujours la contradiction [aux chefs syndicaux]… Ils montaient sur un établi, tous les autres en dessous, et ils expliquaient. Un jour, un délégué m'a fait rire parce qu'il a dit que l'augmentation des salaires, qui devait être de 20 %, allait finalement être de 15 % et que c'était mieux ainsi… Les collègues se taisaient. Alors, j'ai demandé la parole et j'ai dit :

– Voyons, comment on peut expliquer ça, que 15 % soient mieux que 20 % ?

Et ainsi de suite, si bien qu'avec le temps les choses se sont gâtées, on m'a collé un rapport et on a mis les choses sur la table : ou la porte ou la retraite – car j'avais déjà 60 ans. J'ai dit au délégué :

– Mais tu dois me défendre, pourquoi te tais-tu ?

– C'est que je ne peux rien faire.

– Si tu ne peux rien faire pour moi, dis-moi pour qui tu peux faire quelque chose.

Et j'ai dû prendre ma retraite, après quarante-trois ans de service. Un phalangiste a eu ce commentaire : « Parti le chien, finie la rage. » Et tout cela, je le racontais à Paco, il m'écrivait ou il venait et nous parlions… Et imagine pourquoi on nous a accusés : on nous avait chassés de la cafétéria, nous, les ouvriers ; on avait fermé la cafeteria mais les chefs allaient y boire le café et y passer des heures et des heures – et, ça, je ne pouvais pas le supporter et j'ai fait un foin du diable. Bien sûr, un tas de gens m'ont soutenu et un fils de pute de chef, un ingénieur, l'a su et a fait un rapport. Et comme j'avais 60 ans, ils m'ont mis à la retraite plutôt que de me mettre dehors.

Pendant la dictature, presque toutes les nuits, vers une heure, on m'appelait au téléphone sans rien dire… et on raccrochait. Un jour qu'il y avait eu une assemblée à la gare du Nord, ce que chefs syndicaux ont dit ne m'a pas plu, je suis monté à la tribune et je leur ai porté la contradiction. On m'a applaudi et ce soir-là, j'ai eu droit à l'appel téléphonique…

Au début, les Commissions étaient un syndicat de base qui a attiré beaucoup de gens en accord avec leurs positions et ça a coûté des vies. Mais ensuite sont apparues les luttes pour le pouvoir, comme en politique. Un jour, un membre des Commissions ouvrières, un certain Patiño a été tué par la *Guardia civil* au cours d'une manifestation que nous avions organisée… Nous sommes allés à l'enterrement, il fallait aider sa femme et j'ai eu l'idée de faire une collecte pour elle. Les petits chefs des Commissions ont été les premiers à refuser, mais j'ai persévéré et j'ai ensuite porté l'argent à la veuve. Car ils ne supportaient pas qu'on fasse quelque chose qu'ils n'avaient pas proposé. Ces chefs voulaient tout contrôler. Et c'est ce que je n'aimais pas dans les Commissions. J'ai rompu et, à partir de là, j'ai agi de ma propre initiative…

José, Madrid, octobre 2009

MARÍA FUENTETAJA, ÉDITRICE LIBERTAIRE

María Fuentetaja a décidé de quitter ce monde dans son style, sans faire de bruit. Ce fut avant tout une femme vaillante, libertaire, amoureuse des livres, auxquels elle consacra son existence.

Comme libraire, elle travailla pendant de nombreuses années à la Libreria Fuentetaja de la calle San Bernardo, et, par la suite, à la Fuentetaja Infantil, une des premières librairies de Madrid destinées aux enfants.

Comme éditrice, elle créa La Piqueta où, en pleine période de transition, elle commença à rééditer les écrits classiques de l'anarchisme comme ceux de Bakounine, Rudolf Rocker, Franz Mintz, Max Nettlau et autres, tandis que Jesús Ordovás lançait la collection « De qué Va... », qui fut une référence importante pour les mouvements de la contre-culture de cette époque. Nous-mêmes, nous créions au même moment la collection « Genealogía del Poder » où nous avons publié près de quarante livres. Roberto Turégano conçut la plupart des couvertures et María, femme de grande culture, menait un travail d'édition coopératif, parce qu'elle pensait que les débats, les athénées autant que les livres pouvaient contribuer à construire un monde meilleur.

María rendit possible cette aventure éditoriale puis la soutint avec son argent, ses efforts et surtout sa confiance aveugle en la bonté naturelle des êtres humains. Elle choisissait le papier des couvertures, dessinait les frontispices, corrigeait les épreuves, veillait à ce que les livres fussent cousus à la main, les distribuait par la poste et s'occupait de les faire connaître et de les diffuser. Comme tous les libertaires, elle aimait avant tout la vie et considérait que pour marcher avec dignité sur le chemin de l'existence, on n'avait pas besoin de révélations divines incarnées par des textes sacrés mais de partager les choses avec les autres à la lumière des savoirs contenus dans les livres écrits par des hommes et des femmes du monde entier, et de toutes les races et cultures, à condition qu'ils chérissent la liberté et en fassent une raison de vivre.

Quand elle se lassa d'un Madrid toujours plus agressif, « grâce » au concours des marchands de béton et des spéculateurs, quand elle se fatigua aussi de toutes nos urgences difficiles à concilier, elle chercha une retraite dans un appartement ensoleillé de l'Escorial d'où l'on pouvait entendre les sifflements des locomotives. À l'instar de Fourier, María aimait les fleurs et les chats, mais sa passion allait surtout aux livres anciens, et là-bas, entourée de quelques voisines et de l'affection permanente de son fils, Bernardo, elle conservait les petits trésors de sa bibliothèque qu'elle montrait à ses amis quand nous allions la voir.

Dans le bref laps de temps d'un an, deux grandes éditrices sont mortes à Madrid : d'abord Florentina Morata et maintenant María Fuentetaja. Toutes deux, à partir de positions, de lieux et de valeurs distinctes, ont consacré leur vie aux livres et ont regardé la mort en face pour affirmer la valeur de l'intelligence et de la connaissance. Tolstoï disait que la mission de l'art est de nous faire aimer la vie dans toutes ses manifestations, ce qui ne laisse pas d'être un bon critère pour évaluer les œuvres d'art. María Fuentetaja croyait, comme William Morris, que l'art est l'expression la plus élevée de l'esprit humain. Elle-même fit de l'amour des livres un art de vivre. Il nous reste maintenant, à nous et aux générations nouvelles, à maintenir vivant cet art artisanal qui fait de la vérité et de la liberté les trésors les plus précieux d'une société juste. María Fuentetaja nous a appris par ses efforts, et aussi à travers son amitié, que le chemin qui mène à l'émancipation personnelle et sociale passe, sans se dévoyer, par un travail bien fait.

Julia Varela et Fernando Álvarez-Uría
El País, 15 novembre 2007

LISTE DES OUVRAGES CITÉS

LIVRES

ALBA Víctor, *Histoire du POUM*, Champ Libre, 1975, Ivrea 2000.

ANDRADE Juan, *Recuerdos personales*, Ediciónes des Serbal, Barcelone, 1983.

BARTOLI Josep, *La Retirada, exode et exil des républicains d'Espagne*, Actes Sud, 2009.

BERNERI Camilo, *Œuvres choisies* (introduction Gino Cerrito, bibliographie Giovambattista Carrozza), éditions du Monde Libertaire, 1988.

BRENAN Gerald, *Le Labyrinthe espagnol, origines sociales et politiques de la guerre civile*, Champ Libre, 1984.

CASANOVA Julián, *República y guerra civil* (*Historia de España., vol. 8*), Crítica/Marcial Pons, Barcelone, 2007.

COLOMBO Andrés, *Batiburrillo de recuerdos, documentos para a historia contemporanea de Galicia*, Ediciós do Castro, La Corogne, 1983.

CORRAL Pedro, *Si me quieres escribir – Gloria y castigo de la 84ª Brigada Mixta del Excercito Popular*, Editorial Debate, Madrid, 2004.

DAVOUST Gaston (Chazé), textes de l'Union communiste *in Chronique de la Révolution espagnole* (1933-1939*)*, Spartacus, 1979.

DUTEUIL Jean-Pierre, *Mai 68, un mouvement politique*, Acratie, 2008.

ETCHEBÉHÈRE Mika, *Ma guerre d'Espagne à moi*, Actes Sud, 1998.

GUTIERREZ MOLINA José Luís, *Valeriano Orobón Fernandez, Anarco-sindicalismo y Revolución en Europa*, Libre Pensamiento, Valladolid, 2007.

JACKSON Gabriel, *La República española y la guerra civil, 1931-1939*, Crítica, Barcelone, 1981.

JULIÁ Santos, RINGROSO David et SEGURA Cristina, *Madrid. Historia de una capital*, Alianza editorial, Madrid, 2000.

JUNCO Álvarez, *La Ideologia política del anarquismo español, 1878-1910*, Siglo XXI, Madrid, 1991.

LAZAREVITCH Nicolas, *À travers les révolutions espagnoles*, Belfond, 1972.

LOW Mary et BREÁ Juan, *Carnets de la guerre d'Espagne*, Verticales, 1997.

La Libre Commune d'Oaxaca, L'insomniaque et CQFD, 2007.

MUNIS G., *Jalones de derrota : promesa de victoria (España 1930-1939)*, Mexique, 1948, Zero-Zyx éditions, Madrid, 1977.

ORWELL George, *Catalogne libre (1936-1937)*, traduit par Yvonne Davet, Gallimard, 1955.

El Proceso del POUM, documentos judiciales y policiales, collection « Filae », Edittorial Lerna, Barcelone, 1989.

PAECHTER Henri, *Espagne 1936-1937, La guerre dévore la révolution,* Spartacus, 1986.

RICHARDS Vernon, *Enseignement de la Révolution espagnole,* Acratie, 1997.

RIEGER Max (pseudonyme), *Espionaje en España*, Ediciónes Unidas, Barcelone, 1938.

SCHEUER Georg, *Seuls les fous n'ont pas peur – scènes de la guerre de trente ans (1915-1945)*, Syllepse, 2002.

Socialisme ou Barbarie, *Anthologie*, Acratie, 2007.

SOLANO Wilebaldo, *Le POUM : révolution dans la guerre d'Espagne,* Syllepse, 2002.

THALMANN Pavel et Clara, *Combats pour la liberté (Moscou-Madrid-Barcelona-Paris)*, La Digitale, 1983.

VAN Ngo, *Au pays d'Héloïse,* L'Insomniaque, 2005.

ARTICLES

Archipiélago, revista de crítica de la cultura, n° 46, « José Bergamín : el esqueleto de la paradoja », Madrid, avril-mai 2001.

Etcétera, « Bergamín », n° 36, Barcelone, mai 2002.

GUILLAMÓN Agustín, « Un théoricien révolutionnaire : Josep Rebull. La critique interne de la politique du comité exécutif du POUM pendant la Révolution espagnole (1936-1939) », *in Cahiers Leon Trotski*, septembre 2000.

GUILLAMÓN Agustín, « G. Munis, un révolutionnaire méconnu », http://bataillesocialiste.wordpress.com, 1993.

GRANELL Eugenio, *BICEL (Boletín Interno del Centro de Estudios Libertarios Anselmo Lorenzo)*, Madrid, octobre 2000.

LEDESMA VERA José Luis, « Huelgas de la construccíon en Sevilla y Madrid », *Cien imagenes para un centenario*, Fundación Anselmo Lorenzo, Madrid, 2010.

TROTSKI Léon, « Lettre à un ami espagnol », 12 avril 1936, http://www.marxist.org/francais/Trotski/œuvres/1936/04/lt19360412.htm.

VARELA Julia y Álvarez-Uría Fernando, « María Fuentetaja, editora libertaria », *in El País,* 15 novembre 2007.

Ce texte n'aurait pas pu voir le jour sans le soutien, l'aide et la collaboration de plusieurs amis de Paco.

Jean-Paul Petit nous a encouragés et orientés dans nos recherches, procuré des documents et des références. Françoise Avila-Orsoni a bien voulu lire et corriger le texte, traduire des documents. Nous n'oublions pas le soutien de Josi et Jean-Claude Jegoudez, l'aide précieuse d'Henri Simon, pour ce qui est de la partie concernant les années de l'après-guerre. Elisiário Lapa et Antónia López ont réuni le dossier de photos. De l'autre côté des Pyrénées, nous avons pu compter avec la collaboration de José, de Quim Sirera et d'Isabel Mercadé Navarro, bénéficier de l'appui de Fernando Álvarez-Uría, Julia Varela et de Magali Sirera. Du Mexique, Montsé de Pablo Ciria nous a envoyé quelques photos et précisions.

Nous remercions aussi Gobelin qui a traduit plusieurs des documents et Bruno Bachmann qui a fait la correction finale du texte.

CR et RBR

Enfants de Barcelone jouant au *fusilamiento* pendant la Guerre civile
(photo Augustí Centelles).

TABLE

ARNOLD ESCH BEI C.H.BECK

Die Lebenswelt des europäischen Spätmittelalters

Kleine Schicksale selbst erzählt in Schreiben an den Papst
2014. 544 Seiten mit 35 Abbildungen. Gebunden

Wahre Geschichten aus dem Mittelalter

Kleine Schicksale selbst erzählt in Schreiben an den Papst
2012. 223 Seiten mit 25 Abbildungen. Paperback
Beck'sche Reihe Band 6040

Zwischen Antike und Mittelalter

Der Verfall des römischen Straßensystems
in Mittelitalien und die Via Amerina
Mit Hinweisen zur Begehung im Gelände
2011. 208 Seiten mit 184 Abbildungen und
7 Kartenausschnitten. Leinen

Landschaften der Frührenaissance

Auf Ausflug mit Pius II.
2008. 128 Seiten mit 25 Abbildungen, 1 Karte
und 2 Faksimiles. Klappenbroschur

Wege nach Rom

Annäherungen aus zehn Jahrhunderten
2004. 232 Seiten mit 29 Abbildungen. Paperback
Beck'sche Reihe Band 1611

GESCHICHTE ROMS BEI C.H.BECK

FERDINAND GREGOROVIUS
Geschichte der Stadt Rom im Mittelalter
Vom V. bis zum XVI. Jahrhundert
Herausgegeben von Waldemar Kampf
2. Auflage. 1978. 2748 Seiten. Leinen

RICHARD KRAUTHEIMER
Rom
Schicksal einer Stadt 312–1308
Aus dem Englischen übertragen von Toni Kienlechner
und Ulrich Hoffmann
3. Auflage. 2004. 424 Seiten mit 260 Abbildungen. Leinen

CHRISTOFF NEUMEISTER
Das antike Rom
Ein literarischer Stadtführer
2010. 329 Seiten mit 77 Abbildungen. Paperback
Beck'sche Reihe Band 1709

ROBERTO ZAPPERI
Alle Wege führen nach Rom
Die ewige Stadt und ihre Besucher
Aus dem Italienischen von Ingeborg Walter
2013. 256 Seiten mit 29 Abbildungen. Gebunden

FRANK KOLB
Beck's Historische Bibliothek
Rom
Die Geschichte der Stadt in der Antike
2., überarbeitete Auflage. 2002. 783 Seiten
mit 101 Abbildungen und Karten im Text.
Leinen

VOLKER REINHARDT
Rom
Ein illustrierter Führer durch die Geschichte
1999. 288 Seiten mit 1 Stadtplan. Gebunden

ACHEVÉ D'IMPRIMER
EN FÉVRIER 2011
SUR LES PRESSES
DU RAVIN BLEU
À QUINCY-SOUS-SÉNART